Oceana
Die Wasserträumerin von Venedig

Andrea Schütze hat in ihrer Kindheit so ziemlich alle Hobbys ausprobiert, die man sich nur vorstellen kann. Irgendwann ist sie beim Lesen geblieben und schreibt deshalb auch so gerne selber Bücher. Sie hat einen Gesellenbrief als Damenschneiderin, ein Diplom als Psychologin, aber kein Seepferdchenabzeichen. Mit ihren Töchtern lebt sie in einem rosaroten Haus mitten im Schwarzwald. In der Nähe gibt es eine Stelle, an der man gleichzeitig in Deutschland, Frankreich und der Schweiz stehen kann – vorausgesetzt natürlich man hat drei Beine.

Weitere Bücher von Andrea Schütze bei Planet!:

Valérie
Die Meisterdiebin von Paris

Mehr über unsere Bücher, Autor:innen und Illustrator:innen unter:
www.thienemann.de

Andrea Schütze

OCEANA

Die Wasserträumerin von Venedig

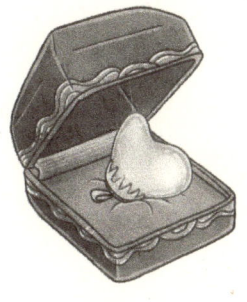

Mit Illustrationen von
Alexandra Helm

Il rumore non fa bene, il bene non fa rumore.
Der Lärm tut nicht gut, das Gute macht keinen Lärm.
(Italienisches Sprichwort)

Wer Perlen will, der muss ins Meer sich stürzen.
(Johann Wolfgang von Goethe)

Vor einigen Jahren am Strand der winzigen Insel Filicudi im Mittelmeer …

»Guck, Mama, was ich gefunden habe!«

Das kleine Mädchen in dem gelben Badeanzug läuft auf die Frau zu und schlingt die Arme um ihre Beine. Die Frau wendet ihren Blick vom Wasser ab, auf das sie minutenlang reglos geschaut hat. Sie streicht sich die vom Wind zerzausten Haare hinter die Ohren. Die auffällige ozeanblaue Strähne ist nun fast nicht mehr zu sehen.

»Zeig mal«, sagt sie und bewundert die rosafarbene Muschel mit dem gezwirbelten Gehäuse. »Schön! Siehst du, sie hat ein Loch in der Schale, wir können sie später zu Hause auf eine Kette fädeln.«

»Oh ja!«, ruft das Mädchen und legt die Muschel auf ein buntes Badetuch, das ausgebreitet im Sand liegt.

Der Strand ist menschenleer. Es ist ein sonniger, warmer Vormittag im Mai und die Touristensaison hat noch nicht begonnen, auch wenn sowieso nur wenige Urlauber nach *Filicudi* finden. Nur ein Angler sitzt auf den Felsen der Bucht.

»*Ciao*, Enzo!«, ruft die Frau und winkt dem alten Mann zu.

Der Angler tippt sich an den Strohhut. Dann zieht er die Angel aus dem Wasser und packt seine Sachen zusammen. Langsam geht er den Trampelpfad auf dem mit Gestrüpp bewachsenen Felsen ins Dorf zurück. Nun sind nur noch die beiden hier. Es duftet nach Rosmarin und Meer. Alles ist friedlich.

»*Perfetto* …«, murmelt die Frau. »Gehen wir schwimmen?«, ruft sie laut.

Das Mädchen jubelt und die Frau schlüpft lächelnd aus dem Strandkleid. Darunter trägt sie einen leuchtend orangefarbenen Badeanzug mit zwei auffälligen weißen Streifen an der Seite, die sie extra aufgenäht hat, damit ihre Tochter sie beim Schwimmen nicht so leicht aus den Augen verliert.

»Aber mit Neopren-Anzug«, sagt die Frau, »das Wasser ist noch viel zu kalt. Ich will nicht, dass du dich erkältest.«

»*No, no!*«, protestiert das kleine Mädchen. »Mit dem Neo sieht man doch den hier nicht!« Mit hoch erhobenen Armen dreht sie sich um sich selbst. Der zitronengelbe Badeanzug strahlt in der Sonne. Sie hat ihn zum Geburtstag bekommen und alles daran ist wunderbar: die Rüschen an der Taille, die aussehen wie ein Tutu, das Wort *Sirena*, Meerjungfrau, aus blauen und grünen Pailletten, die glitzern wie das Mittelmeer höchstpersönlich. Und natürlich die kleine, gewellte Flosse auf dem Rücken.

Die Frau holt den Neoprenanzug trotzdem aus der Badetasche. »Wir ziehen erst den Neo an und darüber dann den Badeanzug, sì?«

Das Mädchen runzelt kurz die Stirn, dann nickt es. »Sì, Mama.«

Ihre Mutter geht in die Knie und die Kleine legt die Händchen auf ihre warmen Schultern. Ein Sonnenstrahl trifft auf die milchig, hellorange Perle am Hals der Mutter. Sie hilft ihrer Tochter mit dem sperrigen Neopren und zupft anschließend gewissenhaft so lang an dem gelben Badeanzug herum, bis er auch wirklich perfekt sitzt und die kleine Flosse erwartungsvoll hin und her wippt. Dann gehen sie Hand in Hand auf den Wellensaum zu und waten langsam und bedächtig immer tiefer ins Wasser.

»Wollen wir noch mal zur Seeigel-Höhle?«, fragt die Frau.

Das Wasser reicht dem kleinen Mädchen bereits bis zur Brust. Das Meer hat heute einen ungewöhnlich starken Sog und zieht die beiden beständig weiter hinein. Bald wird die Kleine sich nicht mehr auf den Füßen halten können.

»Merkst du, das Meer ruft uns!«, jubelt das Mädchen.

»*Andiamo*, dann los!« Die Frau zieht ihre Tochter sanft mit sich unter Wasser.

Von einem Wimpernschlag auf den anderen hat das Meer die beiden verschluckt, als seien sie nie da gewesen.

Sie tauchen. Immer weiter hinaus.

Der Sog wird stärker, vielleicht zieht ein Sturm auf, aber Mutter und Tochter haben die Höhle schon fast erreicht. Ein Kinderspiel, denn die beiden können schwimmen wie Fische. Lachend gleiten sie durch einen riesigen Schwarm silbrig glitzernder Sardinen.

»Ich fliege!«, ruft das Mädchen und linst auf ihre Flosse. Wie echt sie unter Wasser aussieht, wie von einem Paradiesfisch. »Guck mal!«

Doch die Antwort ihrer Mutter geht in einem dunklen, alarmierenden Wummern unter. Es ist mehr zu spüren, als zu hören und kommt völlig aus dem Nichts. In Sekundenbruchteilen wird die eben noch heile Unterwasserwelt von einem tosenden Strudel aus Sand und Wellengewalt zerstört.

Das Mädchen wird von dem Strudel erfasst und herumgewirbelt wie ein hilfloser, kleiner Seestern in der Gischt eines Sturms. Felsbrocken und Gestein stürzen auf es herab.

»MAMA, MAMA, MAMA!«, kreischt das Mädchen und sieht sich panisch um. Orange, orange-weiß, wo sind diese Farben? Wo? Wo?

Doch das Kind kann nichts mehr erkennen. Das Wasser ist aufgewühlt und trüb von wirbelndem Sand und zermalmten, graubraunen Algenfetzen. Alles rumort und bebt. Das Mädchen spürt nicht mal mehr, wo oben und unten ist. Es schreit und schreit.

Da lässt ein scharfer, alles übertönender Schmerz in seinem Arm es verstummen. Es ist der schlimmste Schmerz, den das Mädchen je gefühlt hat. Wie eine Falle aus tausend eisernen Zackenzähnen krallt sich etwas in ihren Oberarm und zerquetscht alles Lebendige. Es ist, als würde ihr Arm erfrieren, so eiskalt und taub fühlt er sich auf einmal an. Das

Mädchen steht unter Schock, sie kann sich nicht mehr bewegen und wird tiefer und tiefer auf den Meeresgrund gezogen. Das Atmen unter Wasser fällt ihm immer schwerer.

»Mama, hilf mir doch, hilf mir!«, wimmert das kleine Mädchen.

Dann verliert es unter einer Lawine aus Geröll das Bewusstsein.

Kapitel 1

»Nicht alles auf einmal, Sporco. Und vom Teilen hast du auch noch nix gehört, was?«

Oceana stupst die Ratte beiseite, damit die zwei Tauben auch noch etwas von den Bröseln abbekommen, die sie ihnen gerade aufs Fensterbrett gekrümelt hat. Sporco, was Dreck auf Italienisch heißt, ist Oceanas schwanzlose Zimmerratte. Gemeinsam mit Marco und Polo, den Tauben, die regelmäßig zum Nachmittagskekse-Essen vorbeikommen, macht sie sich über die Krümel her.

»Alsch ob die beiden esch nötig hätten, hierher tschum Eschen tschu kommen«, mault Sporco schmatzend. »Für Tauben isch Venedig doch wie scho ein All-you-can-eat-Buffet.« Sporco versucht unauffällig, die Tauben beiseite zu schieben.

Gurrend schlagen sie mit den Flügeln, um nicht vom Fensterbrett zu fallen.

»Geht's noch?«, gurrt Marco erbost und erkämpft sich wieder seinen Platz auf dem Sims.

»Hält dich keiner davon ab, nach draußen zu gehen und dir

 10

selbst Futter zu suchen, Sporco«, murrt Polo und versucht, den letzten Krümel zu ergattern.

»Hört auf, euch zu streiten«, mahnt Oceana sanft. »Es ist genug für alle da. Hier, ich teile noch einen mit euch«, sagt sie und stopft sich die andere Hälfte des *Buranelli* in den Mund. »Und ihr zwei lasst Sporco mit dem Thema ›Rausgehen‹ in Ruhe. Ihr wisst doch, dass er noch eine Weile braucht, bis er sich wieder traut. Und ihr wisst auch, warum.«

Die Tauben ruckeln betreten mit dem Kopf. Oceana hat ja recht. Als sie Sporco eines Tages mit nach Hause brachte, war er mehr tot als lebendig und es hat Wochen gedauert, ihn wieder aufzupäppeln und die Wunde am Schwanz zu behandeln.

»*Scusa*«, sagt Marco brav.

»*Scusa*«, schließt sich Polo an.

»Kein Ding«, erwidert Sporco, denn er ist nie lang beleidigt oder schlecht gelaunt.

Oceana grinst. Manchmal kommt sie sich vor wie eine Mutter, die einen Geschwisterstreit schlichten muss. Aber zum Glück vertragen sich die drei in der Regel prima.

»So, ihr Lieben, der Zucker hat echt geholfen. Sicherheitshalber essen wir noch einen, okay?« Oceana fischt einen weiteren der S-förmigen Kekse aus der Dose. »Bin schon ganz zittrig gewesen. Aber, seht ihr, der Stein sitzt trotzdem perfekt.«

Sie hält die Bastelarbeit hoch, an der sie gerade herumgetüftelt hat. Es ist eine venezianische Halbmaske aus Pappmaschee, die Oceana bemalt hat. Winzige filigrane Muster in Gold ziehen sich über die Wangenpartie. An Stirn und Schläfen wippen lange Federn in kräftigen Rot-, Gelb- und Orangetönen. Rund um die Augenaussparungen hat sie funkelnde Kristallsteinchen gesetzt und an der Nasenwurzel blitzt ein großer roter Diamant, der im Licht der tiefstehenden Sonne strahlt, als sei er tatsächlich ein kostbarer Rubin und nicht nur ein Bastelstein aus Plastik.

»Der Feuervogel ist fertig!«, schmettert Oceana und schwenkt die Maske hin und her, damit Bewegung in die Federn kommt. »Also wenn das nicht wie Flammen aussieht, weiß ich auch nicht. Dann wollen wir doch mal 'ne Runde Touris beglücken ...«

»Ist wirklich absolut toll geworden, Ozzy«, lobt Sporco, und Marco und Polo ruckeln bestätigend mit dem Kopf.

Ein Lächeln huscht über Oceanas Gesicht. Dann schiebt sie den Stuhl vom Schreibtisch zurück, der direkt unter dem schmalen Fenster steht. Wenn sie wollte, könnte sie ihn ganze acht Meter zurückschieben, bis er an der Zimmertür anstoßen würde. Denn Oceana lebt nicht nur in einer der magischsten Städte der Welt, sondern, fast wie zum Ausgleich, auch in einem Kinderzimmer mit dem bescheuertsten Grundriss, den sich jemals jemand ausgedacht hat. Obwohl

 12

ausgedacht das falsche Wort ist, da Oceanas Haus vor vielen Jahren wohl mehr oder weniger durch Zufall entstanden ist. Als der riesige *Palazzo Grimani*, der das Vorderhaus einer ganzen Straße bildet, und in dem heute ein Museum untergebracht ist, entstand, mauerte man kurzerhand eine störende Gasse zu, die damals zum Innenhof des Palazzos führte und welche man nicht mehr benötigte: die *Callessa Viccolo*. Dieser handtuchschmale Streifen klebt also an der Rückwand des Palazzos und ist vor ein paar Jahren das Zuhause von Oceana und ihrem Nenn-Onkel Pietro geworden. Das ist der Grund, weshalb Oceanas Zimmer an der breitesten Stelle hundertachtunddreißig Zentimeter misst, dafür aber sechs Meter hoch und über acht Meter lang ist.

Was gar nicht mal so unpraktisch ist, wenn man die beiden Sammlungen bedenkt, die Oceana in ihrem Schlauchzimmer beherbergt.

Da wären zum einen die Kostüme.

In Deckenhöhe gibt es eine Kleiderstange, die sie mithilfe eines Seilzuges zu sich herunterlassen kann. Daran hängen Oceanas ganz normale Klamotten wie Hosen, Pullis, Jacken und Shirts, alles in Schwarz oder Dunkelblau.

»Künstlerinnen haben eben Phasen«, erklärt sie ihren Mitbewohnern. »Im Moment habe ich meine schwarze Phase, denn schwarze Kleidung ist irgendwie speziell …« Oceana fährt mit der Hand die Klamotten entlang. »Aber

rote auch!« Sie lacht vergnügt und der fröhliche Ton vermischt sich mit dem Rascheln des Kostüms, das sie von der Stange nimmt.

Denn anders als ihre Alltagssachen sind ihre venezianischen Kostüme, die ebenfalls an dieser Seilzugstange hängen, so bunt und farbenprächtig, wie man es für Venedig erwartet: bauschige Reifröcke mit Pailletten, Puffärmel mit Spitzenmanschetten, wehende Umhänge. Ballonröcke, Kleider mit Schleppe, prächtige Corsagen und pompöse Kragen mit Federn und noch viele weitere Verkleidungen aus raschelndem Taft, säuselndem Satin und knisterndem Tüll.

Oceana zieht das Kostüm vom Bügel, für das sie eben die passende Maske fertiggestellt hat, hält es vor sich und betrachtet sich im Spiegel.

»Ich brauche noch was für die Haare«, murmelt sie. »Blau passt irgendwie krass schlecht zu Feuerrot. Oder obwohl …« Oceana zieht eine Strähne vors Gesicht, klemmt sie sich zwischen Oberlippe und Nase und zieht eine Grimasse. »*La Signora* Blaubart, sehr angenehm …«

Dass Oceanas Haare im Alter von ungefähr fünf, sechs Jahren langsam anfingen, die Farbe zu wechseln, bis sie irgendwann komplett knallblau waren, kann sich bis heute niemand erklären. Zum Glück hatte Onkel Pietro diese geheimnisvolle Verwandlung relativ gelassen hingenommen. Sie wurde einfach das Mädchen mit den blauen Haaren und wer sie neu

 14

kennenlernte, ging sowieso davon aus, dass Oceana sich die Haare färbte.

»Aber das stimmt nicht«, murmelt Oceana in ihren Gedanken. »Und wenn ich schon nach den größten Meeren der Welt heiße, dann passen blaue Haare schließlich perfekt!«

Gedankenverloren kratzt sich Oceana am rechten Unterarm. Es gibt dort eine Stelle, die zu den unmöglichsten Zeitpunkten anfängt zu jucken. Ihre eigene Theorie ist, dass der Auslöser ein spezieller Gedanke ist, den ihr Gehirn aber im Geheimen denkt, sodass sie ihn gar nicht mitbekommt. Klingt irgendwie ziemlich verwurschtelt, aber anders lässt sich der Juckreiz nicht erklären. Oceana kratzt und kratzt, doch es wird nicht weniger.

»Rrraaah!«, flucht sie und holt ein paarmal tief Luft.

Das hat ihr Dottore Colombo geraten, wenn sie dieses bescheuerte Phantom-Jucken hat: *Respira profundamente, topolino*, atme tieeef eiiin und wieder aus, Mäuschen, fieeeeee, pschuhhhh … Als kleines Mädchen musste sie immer kichern, wenn er ihr diese Entspannungstechnik mithilfe eines dicken Plüschkaninchens vorschnaufte.

»Fieeee, pschuh«, atmet Oceana.

»Kruh, ruhh«, helfen Marco und Polo mit.

Oceana starrt ihren nicht vorhandenen rechten Arm wütend an, an dem sie genau an der Stelle in der Luft herumkratzt, wo normalerweise ihr Unterarm sein müsste.

»Wie kannst du jucken, wenn du gar nicht da bist?«, fragt sie wohl schon zum tausendsten Mal. »Und warum gerade jetzt? Was für'n unsichtbaren Schalter hab ich denn da im Körper, echt ey!«

Doch seltsamerweise kann der Arm sehr gut jucken, auch wenn von ihm nur ein kurzer Stumpf existiert. Sie sei so auf die Welt gekommen, sagt Pietro immer, aber manchmal hat Oceana sogar den Eindruck, eine Faust ballen zu können. Obwohl sie keine Hand hat. Und *das* ist wirklich verrückt!

Oceana nimmt ein Cremedöschen aus dem Regal. Der Deckel ist nur aufgelegt, damit sie es mit einer Hand leicht öffnen kann. Sie tupft ein wenig Salbe auf den Stumpf und massiert sie sanft in die Haut. Anschließend stupst sie mit einem Schminkpinsel in ein Töpfchen Körperpuder, klopft ihn sorgfältig ab und stäubt das duftende Pulver darüber. So wird nichts zwicken oder schaben, wenn sie gleich die Prothese anzieht. Langsam klingt das Jucken ab und Oceana hat ruckzuck wieder gute Laune.

»Und auch hier, meine Damen und Herren, lieber Sporco, lieber Marco und liebe Polo, zeigen sich die Vorzüge meines architektonisch durchaus bemerkenswerten Zimmers«, sagt Oceana, als würde sie eine Touristen-Führung veranstalten, wie man sie oft in Venedig beobachten kann, und deutet die Mauer hinauf. »Denn wie Sie erkennen können, bin ich wohl das einzige Kind in Venedig, das nicht nur eine Sammlung höchst zauberhafter Kostüme und doppelhöchst noch zauberhaftester Masken sein Eigen nennen darf, sondern auch eine Sammlung Arme.«

Oceana schnappt sich einen Besenstiel, an dem vorne ein Haken befestigt ist und angelt damit ihre aktuelle Prothese von einem Nagel hoch oben an der Wand. Nach jedem Wachstumsschub wird eine neue angepasst und deshalb hängen dort bereits sechs Kinderarme in verschiedensten Größen und Ausführungen.

»Au weia, da muss mal neuer Nagellack drauf«, sagt Oceana und begutachtet kritisch die künstliche Hand. »Egal, mach ich später …« Oceana klemmt sich die Prothese zwischen die Knie und führt den Stumpf in die Öffnung, um die Schale zu befestigen. »Irgendwann«, murmelt sie, »irgendwann werde ich mir einen Roboterarm kaufen. Wenn ich erwachsen bin.«

Oceana fachsimpelt oft mit Dottore Colombo über die neuesten Entwicklungen im Bereich der bionischen Prothesen.

»Gedankensteuerung ist das Zauberwort«, erklärt Oceana nun Sporco, der hingerissen am Cremedöschen schnuppert. »Mit purer Gedankenkraft kann ich dann die Finger steuern.« Sie reibt mit einem weichen Tuch ein wenig Schmutz aus der starren Lücke zwischen Daumen und Zeigefinger der Kunststoffhand. »Das nennt man Plug-and-Play-Prothesen, Sporco, merk dir das.«

»Ist gut«, antwortet Sporco und wartet, bis Oceana gerade

nicht guckt, um einen kleinen Schlecker von der Creme zu nehmen. »Jamm«, murmelt er und leckt sich übers Schnäuzchen, während Oceana weiterredet.

»Dann ist da nix mit monatelang üben, sondern ich wach auf und zack, stöpseln die meinen nagelneuen Robo-Arm an und oh Wunder, ich kann mit den Fingern 'ne Nähnadel einfädeln, *e fatto*, und fertig.«

»Bravissimo!«, gurrt Marco.

»Sì, bravo und kannst du uns das Fenster aufmachen *per favore*, wir sind verabredet, *Piazza San Marco*«, fügt Polo hinzu.

Oceana öffnet ihnen lachend das Fenster. »So wie alle anderen fünf Millionen Tauben von Venedig auch«, scherzt sie. »Ciao!«

Oceana wendet sich wieder an Sporco. »Na ja, weißt du, kann sein, dass ich ein bisschen übertrieben habe, so einfach ist es bestimmt nicht. Und überhaupt, woher soll ich auch die hunderttausend Euro dafür nehmen …«

Sporco schmiegt sich an Oceanas Unterarm. Sein Fell ist weich und borstig zugleich.

»Es wird alles gut«, sagt er ernst und Oceana schmunzelt. Manchmal ist Sporco ziemlich philosophisch.

Dann lugt sie aus dem Fenster. Die Sonne blinzelt über die Palazzi auf der anderen Seite des Kanals und färbt das Wasser des *Rio Servero* in dieses spezielle venezianische Türkisblau, an dem man sich nicht sattsehen kann.

»Perfekter Touri-Augenblick, nix wie raus. Ich kann bestimmt noch für ein paar einmalige Venedig-Fotos sorgen ...«

Es gibt für Oceana, direkt nach dem Sammeln, Nähen und Basteln der Kostüme, nichts Schöneres, als verkleidet durch Venedig zu huschen. All die Brücken und Gässchen, Winkel, Plätze und Kanäle bilden die Kulisse für ganz außergewöhnliche, magische Momente. Oceana spürt geradezu körperlich die Freude der Menschen, wenn es ihnen gelingt, diese flirrende, geheimnisvolle Fantasiegestalt in ihrem bezaubernden Kostüm mit dem Handy zu erhaschen.

Sporco räuspert sich, als wolle er etwas sagen.

»Hm?«, fragt Oceana und breitet das Kleid auf dem Bett aus. »Komm schon, spuck's aus!«

»Ich ... ähm ... würde gerne mitkommen«, wispert er kaum hörbar.

Doch Oceana hat ihn genau verstanden. Sie hebt ihn hoch, drückt ihm ein Küsschen zwischen die Ohren und jubelt. »Natürlich darfst du mitkommen! Ich freu mich so! Und da meine Kostüme selbstverständlich große Taschen haben, kannst du es dir darin schön gemütlich machen, ja? Sporco, das ist die schönste Nachricht des Tages und ich finde es total mutig von dir!«

Es dauert nicht lang und aus dem handtuchschmalen Gassenhaus auf der Rückseite eines der berühmtesten Museen der Welt huscht eine feuerrote Gestalt hinaus. Als die Nachmit-

tagssonne die flatternden Stofflagen des Kostüms zum Leuchten bringt, sieht es aus, als würde sie von lodernden Flammen umhüllt. Ab jenem Moment, wenn Oceana auf die Gasse tritt und losläuft, wird sie bis zum Ende ihres Ausfluges nicht mehr stehen bleiben. Das ist ihr spezielles Geheimnis, um die Magie ihres Erscheinens noch ungreifbarer zu machen.

Tänzelnd, flatternd und flüchtig wie ein Fantasiewesen mäandert der Feuervogel mit den azurblauen Haaren zwischen den Touristen hindurch. Oceana blickt über die Geländer der Brücken, hebt ihre Hand zu einem majestätischen Gruß, doch wenn Menschen in den Gondeln mit dem Handy nicht schnell genug sind, ist Oceana längst wieder verschwunden. Sie eilt weiter, fast sieht es aus, als ob sie flöge, ihre Füße sind unter dem langen Gewand nicht zu sehen. Auf der *Piazza San Marco* ist es heute etwas leerer, sodass Oceana mit ausgebreiteten Armen durch die pickenden Tauben wirbeln kann, die sie flatternd umkreisen. Eine ganze Weile wird sie von Marco und Polo begleitet, was die traumhafte Erscheinung noch zauberhafter wirken lässt. Oceana huscht über Treppen und an reich verzierten Fassaden entlang, versetzt eine Gruppe asiatischer Touristen in helle Begeisterung und genießt den Applaus der Gäste in den kleinen Trattorien, wenn sie an den Tischen vorbeihuscht. All ihre Posen, Gesten und Bewegungen sind so geschmeidig und anmutig, so beseelt und glücklich, dass jeder, der einen Blick auf sie erhascht, den Eindruck hat, als schwebe ein fabelhaftes Märchenwesen durch diese magische Stadt.

»Hallo! Mir ist schlecht von dem Gewackel, können wir wieder nach Hause?«, ruft Sporco irgendwann mitten in eine ihrer perfektesten Drehungen hinein und das bringt Oceana so aus dem Konzept, dass sie sich auf eine Treppenstufe setzen muss, um sich vor Lachen auszuschütten.

Und dieser Moment ist es auch, an dem das absolut zauberhafteste Foto dieses Ausfluges von ihr entsteht.

Als Oceana wieder zu Hause ist, das Kleid aufgehängt und Sporcos Trinkschale mit frischem Wasser gefüllt hat, meldet sich das Handy mit dem Klassenchat-Ton.

»Nerv«, mault Oceana und erwägt kurz, die Nachricht zu ignorieren, weil sie noch so schön in der Feuervogel-Stimmung ist, doch die Neugier siegt. Sie hat in der Klasse sowieso schon keine besonders engen Freundinnen und Freunde, da möchte sie wenigstens mitkriegen, was allgemein so läuft. Sie setzt sich aufs Bett und öffnet den Chatverlauf.

Wen wundert's, Estefania ist mal wieder am Rande des Nervenzusammenbruchs, weil sie »bestimmt in der Chemie-Arbeit morgen komplett und total verkacken« wird, und dann, haha, doch wieder die Beste ist. Aber Moment mal …

Oceana runzelt die Stirn, öffnet den Kalender und scrollt hindurch. Die Klassenarbeit war ganz sicher erst für nach

den Ferien geplant, hier, sie hat es eingetragen! Doch die vielen eingehenden WhatsApps der anderen zeigen, dass sie sich wohl geirrt haben muss.

»Ich hab mich im Monat vertan! *Merda*, Scheiße!« Oceana wird augenblicklich schlecht. Ausgerechnet Chemie! Mit diesem Fach hat sie's einfach nicht und es wäre dringend nötig, die 4 minus vom letzten Mal auszugleichen. »Was ich jetzt vergessen kann! Wie doof kann man sein? Antwort: Ja! Das heißt wohl: Nachtschicht!«, mault Oceana gereizt, schiebt die Bastelreste zusammen und räumt Bücher und Ordner auf den Schreibtisch, wo Sporco in einem Tuff Tüll eingeschlafen ist, um sich von seiner Seekrankheit zu erholen. Sanft trägt ihn Oceana aufs Bett hinüber und legt ihn auf den Bauch ihres Kuschelteddys.

»Gute Besserung«, flüstert sie. »Ich muss jetzt leider lernen …«

Ruhe senkt sich über das Schlauchzimmer in der *Callessa Viccolo* und Oceana vertieft sich brütend in den Unterrichtsstoff. Und während die konzentrierte Stille nur hin und wieder durch ein paar Flüche unterbrochen wird, ist die Planung für etwas sehr Lautes, sehr Gefährliches an anderer Stelle gerade zum Abschluss gekommen. Und dass darin jemand verwickelt ist, den Oceana kennt und diese Besprechung sogar ganz in ihrer Nähe stattfindet, davon ahnt sie natürlich nicht das Geringste …

 22

Auch nichts davon, dass Marco und Polo, die zufällig auf einem Relief unter einem gekippten Fenster ein Päuschen machen, sich mit großen, ungläubigen Taubenaugen ansehen, als sie bruchstückhaft mitkriegen, was dort gerade besprochen wird.

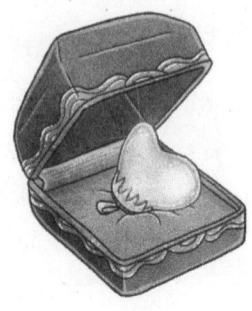

KAPITEL 2

Um kurz nach zehn Uhr abends sitzt Oceana immer noch am Schreibtisch und versucht, unter all den verwirrenden Informationen zu Aggregatzuständen, Stoffgemischen und Trennverfahren nicht völlig in Verzweiflung zu geraten.

Als es draußen am Bootsanleger klappert, weiß sie, dass Onkel Pietro von der Arbeit zurück ist. Eigentlich sind es nicht mal hundert Meter bis zum *Museo di Palazzo Grimani*, wo er zurzeit als Handwerker arbeitet, aber heute Abend musste er wohl noch was erledigen und hat das kleine Gemeinschaftsboot genommen, das er sich mit mehreren Nachbarn entlang des *Rio Servero* teilt.

Kurz darauf fällt die Eingangstür ins Schloss und es klopft leise an ihre Zimmertür.

»Pst, Ozzy, du bist ja noch wach.« Pietro tritt einen Schritt hinein. Seine schwarzen Locken sind über und über weiß bestäubt und auf seinem Gesicht liegt ein kalkgrauer Schimmer.

Oceana japst erschrocken auf. »Zio, Onkel, du siehst aus wie'n Gespenst!«

Pietro legt die Hände in den Nacken und wiegt vorsich-

 24

tig den Kopf hin und her. »Dein Zio fühlt sich auch mehr tot als lebendig. Hab den ganzen Tag überkopf gearbeitet«, sagt er ächzend. »Ich kann keinen Marmor mehr sehen. Sind bestimmt zwei Kilo davon in meiner Lunge.« Pietro hustet. »Hast du Hunger? Ich geh kurz duschen, dann gibt's Essen.«

»Echt?«, fragt Oceana erstaunt. Normalerweise ist Onkel Pietro erstens nie derart gesprächig, schon gar nicht nach der Arbeit, und zweitens hat er auch noch niemals mitten in der Nacht gekocht!

»Hm«, macht Pietro. »Gab Lohn«, fügt er hinzu. »War bei Angelo und hab Muscheln mitgebracht.«

»Geil!«, entfährt es Oceana und erst jetzt merkt sie, wie hungrig sie eigentlich ist. Denn eines muss man Pietro lassen: *Spaghetti alle vongole* kann keiner so gut wie er. »Mit viel Knoblauch und doppelt Parmesan für mich, bitte«, ruft sie ihm hinterher.

Oceana fischt ein Fläschchen Nagellack aus der Schublade und löst die Prothese. Sie legt den Arm so vor sich hin, dass die Hand genau unter der Schreibtischlampe liegt.

»Geht eh nix mehr in meinen Kopf, der denkt jetzt nur noch ans Essen.« Sie schraubt das Fläschchen auf und gibt den Nägeln der künstlichen Hand einen frischen Anstrich. In den Lack drückt sie jeweils drei funkelnde Strasssteinchen. Gerade als sie den Überlack aufgetragen hat, zieht ein köstlicher Duft durchs Haus und Pietro ruft *a tavola*, zu Tisch.

 25

Die beiden sitzen sich in der schmalen Küche gegenüber.

Onkel Pietro starrt kauend auf seinen Teller und Oceana lässt eine Scheibe Baguette für Sporco in ihrer Jackentasche verschwinden.

»Schmeckt ultralecker«, sagt sie.

»Hm«, macht Pietro und trinkt einen Schluck Wein.

Oceana hat sich längst an Pietros Einsilbigkeit gewöhnt. Sie verständigen sich manchmal tagelang nur durch Gesten und Sätze, die aus kaum mehr als drei Worten bestehen. Durch Pietros zahlreiche Jobs auf den verschiedensten Baustellen in und um Venedig und Oceanas oft löchrigen Stundenplan kann es sein, dass sie sich zwei, drei Tage gar nicht begegnen. Irgendwie funktioniert das Zusammenleben aber trotzdem, auch wenn Oceana die Wärme einer normalen Familie vermisst. Dottore Colombo hatte mal vermutet, dass ihr Onkel eine depressive Verstimmung haben könne, und sie solle ihm Bescheid sagen, wenn sie glaube, diese traurigen Gefühle würden auch auf sie überschwappen. Oceana musste erst einmal recherchieren, um herauszufinden, was mit ›depressiver Verstimmung‹ überhaupt gemeint war. ›Niedergeschlagen, antriebslos, müde und traurig‹, stand im Internet und Oceana fand, dass Dottore Colombo mit seiner Ferndiagnose gar nicht so unrecht hatte. Aber soweit sie das beurteilen konnte, war noch nichts ›übergeschwappt‹. Und geerbt haben konnte sie sein trauriges Gemüt auch nicht, denn Pietro war nicht ihr richtiger Onkel, sondern der Freund ihrer Mutter gewesen. Und das Gesprächsthema ›Mutter‹ stand bei Pietro sehr weit unten auf der Beliebtheitsskala. Dieses Thema wurde in ihrem Haus praktisch totgeschwiegen.

Hastig schiebt sich Oceana eine Gabel Spaghetti in den Mund, um zu vermeiden, dass ihr wieder mal eine Frage dazu herausrutscht. Es würde wie üblich nicht gut ausgehen. Meistens stritten sie nach einem solchen Gespräch, und da hatte Oceana gerade gar keine Energie für. Pietro beantwortete ihre Nachfragen zum Tod ihrer Mutter damit, dass sie an einer Krankheit gestorben sei. Mittlerweile hat sich Oceana damit abgefunden, wohl nie Genaueres zu erfahren. Oceana hat sogar schon mal versucht, das Krankenhaus von *Filicudi* zu kontaktieren, der kleinen Insel, auf der sie aufgewachsen ist, aber das ist mittlerweile zu einem medizinischen Versorgungszentrum umstrukturiert worden und Auskunft erhielt sie aus Datenschutzgründen erst recht nicht. Oceana selbst kann sich an kaum etwas aus der Zeit mit ihrer Mutter erinnern. Sie weiß nur noch, dass sie plötzlich weg war und sie mit Pietro nach Venedig gezogen ist. Oceana seufzt.

»Morgen Chemiearbeit«, beantwortet sie Pietros Frage von vorhin und schiebt eine Muschel durch die Soße. »Deswegen hab ich noch so lang gelernt.«

»Ich drück dir die Daumen«, sagt Onkel Pietro mitleidig. »Chemie!« Er verdreht die Augen und grinst. »Tut mir leid.«

Oceana nickt. »Mir auch. Aber vielleicht ist es auch gut, wenn man schon weiß, was man später auf KEINEN Fall werden will.«

Pietro lacht. »Da hast du vollkommen recht!«

Unvermittelt rieselt Oceana eine Gänsehaut über den Rücken. Es tut gerade richtig gut, hier mit Pietro zu sitzen und auch noch das Gefühl vermittelt zu bekommen, dass schlechte Noten nicht das Ende der Welt bedeuten.

Da fällt ihr noch etwas ein: »Fast vergessen, Zio«, sagt sie. »Morgen muss ich wieder zu der Psychologin wegen du-weißt-schon. Kannst du bitte noch den Eltern-Zettel unterschreiben?«

Pietro nickt und sieht auf die Uhr. »Klar. Ach so, Ozzy, gleich kommen noch mal meine beiden Geschäftspartner vorbei, Luigi und Pino, wir müssen kurz was besprechen ...«

»Schon wieder? Und so spät?« Oceana rutscht die Frage sehr viel patziger heraus, als sie es beabsichtigt hat.

Sie steht auf und beginnt, den Tisch abzuräumen. Nicht, dass sie was dagegen hätte, wenn Pietro Freunde oder Kollegen einlädt, aber schon wieder diese zwei? Sie kann die beiden nicht ausstehen. Irgendwie machen sie ihr schlechte Laune, und gerade jetzt noch mehr, wo es so schön war, zusammen Zeit zu verbringen.

»Und wieso nennst du sie Geschäftspartner? Um welches Geschäft geht's denn überhaupt? Ich versteh gar nicht, was die

 28

ständig hier wollen! Ihr sprecht die ganze Zeit nur über das Haus hier. Ich hör das übrigens bis in mein Zimmer. Heißt es, dass wir ausziehen müssen? Verlieren wir unser Haus?« Oceana holt Luft und wundert sich über sich selbst. Wo kam dieser Ausbruch denn jetzt her? Aber gut, nun ist es raus. Unsicher sieht sie Pietro an. Doch ihr Onkel winkt ab.

»Oje, nein, nein, mach dir keine Sorgen, Ozzy, das ist nur dummes Gequatsche von uns. Vielleicht gründen wir, dings, 'ne Baufirma, weißt du? Nix wird sich ändern, wie kommst du denn da drauf?! Die gehen auch gleich wieder. Ist 'ne Art Schlussbesprechung, versprochen.«

»Und wir müssen wirklich nicht ausziehen?« In Oceanas Stimme schwingt ein wenig Panik mit. Ihr war bis jetzt überhaupt nicht bewusst, wie schlimm die Vorstellung für sie tatsächlich ist …

»*No, e basta!*«, sagt Pietro lachend, leert das Weinglas und fegt sorgfältig die Brotkrümel von der Tischplatte in seine Hand. »Jetzt bring mir bitte noch den Wisch, den ich unterschreiben soll, und geh schlafen, Ozzy. Du hast schon Augenringe. Wie ein Panda.« Pietro hält die Hände als Fernglas geformt vor die aufgerissenen Augen. »Panda, Panda«, brummt er.

Oceana kichert. »Ja, okay«, sagt sie. »Aber ich weiß gar nicht, was ich der wieder erzählen soll …«

»Hey, dir wird schon was einfallen …«, antwortet Pietro in

29

das Klingeln an der Haustür hinein und Oceana flüchtet in ihr Zimmer.

»Ha, ha, dir wird schon was einfallen«, wiederholt sie und gibt Sporco das Brot. »Na, du, geht's dir wieder gut?«

Sporco schlägt die Pfötchen über die Augen. »Wie peinlich. Das darf man ja keinem erzählen. Ich war in meinem früheren Leben eindeutig keine Schiffsratte«, sagt er und Oceana lacht.

»Ist doch nicht schlimm! Also, ich muss kurz was üben«, erklärt sie und sagt mit der extraberuhigenden Stimme der Psychologin: »Oceana, wie geht es dir? Es ist ja wieder ein Jahr vergangen und wir müssen uns in unserem jährlichen Status-Gespräch darüber unterhalten, ob es dir nun zuzumuten sein wird, am Schwimmunterricht teilzunehmen.«

Oceana wechselt in ihre eigene Stimmlage. »*Signora Dottoressa*, aber ich habe nur einen Arm, ich *kann* nicht schwimmen.«

»Oceana, liebes Kind, wie du weißt, kann man sehr wohl auch mit nur einem Arm schwimmen. Aber wie du auch weißt, geht es bei dieser Sitzung um deine Aquaphobie, der Angst vor Wasser und Gewässern. Kannst du mir denn inzwischen verraten, woher sie kommt und was sie ausgelöst haben könnte? Ist dir da was eingefallen?«

»Bla, bla, bla und so weiter. ›Ist dir da was eingefallen!?‹ Oh Mann … Jedes Jahr dasselbe. Ist doch so, Sporco, oder? Als ob ich wüsste, warum ich diese Scheiß Wasserpanik habe und

 30

ich es ihr einfach nicht ›verrate‹.« Oceana malt ein Gänse-
füßchen in die Luft. »Wie so'n Geheimnis. Und das meint
die auch noch ernst. Warte, was sag ich immer …« Oceana
überlegt. »Okay, Luftnot, Herzklopfen, Todesangst, Schweiß-
ausbrüche … was könnte ich noch …«

»Übelkeit«, schlägt Sporco vor.

»Hihi, sehr gut. Ich könnte auch noch Kopfschmerzen
drauflegen. Zittern, auf alle Fälle Zittern nicht vergessen. Aber
das entscheide ich dann spontan«, übt Oceana, damit ihr Frei-
stellungs-Attest für ein weiteres Jahr gesichert ist.

Oceana schnappt sich den Bestätigungszettel und legt ihn
mit einem Buch beschwert vor ihre Zimmertür. Von unten
tönt Gelächter herauf.

»Pf«, sagt Oceana und rollt mit den Augen. »Muss ja sehr
witzig sein, 'ne Baufirma zu gründen.«

Abrupt werden die Stimmen ernst. Oceana geht lauschend
ein paar Stufen die Treppe hinunter.

»Hälfte jetzt, Hälfte bei Erfüllung«, hört sie den Mann mit
dem toskanischen Akzent sagen.

»Keine Chance, Luigi«, widerspricht ihr Onkel. »Mein
Kontakt sagt, alles sofort, sonst platzt der Deal. Das heißt,
ich tausend, mein Kontakt tausend und zwar *subito*, jetzt und
hier, bar auf die Kralle, sonst bleibt alles unter Strom. Ist eure
Entscheidung.«

Oceana runzelt die Stirn. Sie hört Gekrame und Gemur-

mel, dann stoßen Flaschen aneinander. Oceana zuckt mit den Schultern und geht gähnend in ihr Zimmer zurück. Es ist schon viel zu spät und so scherzhaft die gespielte Unterhaltung mit der Psychologin auch war, so ernst ist sie in Wirklichkeit. Denn Oceanas panische Angst vor Wasser ist in einer Stadt wie Venedig nicht nur extrem unpraktisch, sondern auch wirklich gefährlich. Es hat Jahre gedauert, bis Oceana überhaupt einigermaßen angstfrei durch die Gassen laufen konnte. Immer eng an den Hauswänden entlang und nur im absolut äußersten Notfall mit einem Boot, statt über die Brücken. Im Nachhinein hat es sich als Glück erwiesen, dass sich Pietro standhaft geweigert hat, aus Rücksicht auf sie woanders hinzuziehen. Denn mittlerweile ist Oceana sogar richtig stolz auf sich, dass sie trotz dieser Sache in Venedig leben kann und auch gar nicht mehr weg will! Bloß Schwimmen, also echter, wirklicher Kontakt mit Meer-, See- oder Flusswasser, ist wirklich zu viel verlangt.

Oceana beschließt, heute aufs Zähneputzen zu verzichten. »Hab ja schließlich 'ne Wasserphobie«, scherzt sie, kuschelt sich ins Bett und setzt Sporco wieder auf den Bauch des Teddys. »*Buona notte*, alte Socke«, sagt sie wie jeden Abend.

»*Dormi bene*, meine Kleene«, antwortet Sporco, auch wie jeden Abend.

Und noch bevor Onkel Pietros Geschäftspartner kurz darauf das Haus verlassen, ist Oceana eingeschlafen.

 32

Kapitel 3

Doch im Gegensatz zu Oceana ist Sporco fit und ausgeschlafen und nutzt die Gelegenheit, sich durch ihren Schulrucksack zu wühlen. Bestimmt findet sich etwas Essbares darin. Sporco ist nicht wählerisch, ihm schmeckt auch alter Kaugummi oder mit Staub und Bleistiftresten verklebte Gummibärchen. Doch heute erschnuppert er ein wahres Festmahl in einer alten, zerknautschten Papiertüte vom *Panettiere*. Es scheinen noch Reste von einem Croissant übrig zu sein und die will Sporco haben, koste es, was es wolle. Und während die kleine Ratte sich knisternd und raschelnd durchs Papier frisst, wird Oceanas Schlaf immer unruhiger.

Rastlos wälzt sie sich von einer auf die andere Seite. Unter ihren Lidern bewegen sich die Augäpfel rasch hin und her. Oceana hat einen Albtraum.

Es ist immer derselbe und er beginnt stets so wunderschön, dass sich Oceana jedes Mal unendlich glücklich fühlt, wenn der Traum beginnt. Denn Oceana träumt von ihrer Mutter. Manchmal hat Oceana ein glasklares Bild von ihr vor Augen,

33

manchmal wird sie nur von einem so inniglich tiefen Gefühl von Geborgenheit und Liebe erfasst, dass ihr beim Schlafen Tränen aus den Augenwinkeln rollen.

Im Traum ist sie an einem sonnenheißen Strand, ein warmer Wind weht und Oceana fühlt den heißen Sand zwischen den Zehen. Das Meer liegt spiegelglatt vor ihr und die beiden waten hinein. Nach ein paar Schritten bleiben sie stehen und betrachten ihre Füße im glasklaren Wasser, die Sonne malt durch die Oberfläche hellblaue Kringel darauf. In der nächsten Szene sind sie unter Wasser und halten sich an der Hand. Es fühlt sich an, als würden sie tanzen. Der rosafarbene Anhänger am Hals ihrer Mutter scheint die Sonnenstrahlen unter Wasser einzufangen. Und mitten in diese Freude hinein geschieht es – mal sofort, mal erst nach einer Weile, aber es geschieht immer, ohne Ausnahme: Plötzlich verdunkeln sich die Farben, das Wasser verwandelt sich in eine schwarze, zähflüssige Masse. Sand wirbelt umher, der über ihren Körper schmirgelt und das Gefühl einer riesigen Schürfwunde hinterlässt. Oceana kann nicht mehr atmen. Tonnenschwer legt sich ein Gewicht auf ihre Brust. Oceana japst und schnappt nach Luft. Ihr rechter Arm brennt und kribbelt. Doch der Albtraum lässt sie nicht los. Nun kommen die Geräusche hinzu: ein Donnern und Grollen, ein Tosen, Brüllen und Lärmen. Oceana entfährt ein wimmernder Laut.

Endlich gelingt es ihr aufzuwachen. Schweißgebadet fährt

 34

Sherlokko Buk

Buchwelt:

Hüter der Kriminal- und Detektivromane

Aussehen:

mittelklein, große gelbe Scheinwerferaugen, spitze Ohren, Sir John-Pfeife, trägt einen Tweedanzug

Besonderheit:

Er ist der Rätsellöser und Meisterdetektiv unter den Buks. Egal wie kniffelig der Fall ist, Sherlokko ist immer bereit, jedes noch so mysteriöse Geheimnis aufzudecken – nicht selten liegen seine Analysen dabei jedoch grauenhaft schief und sorgen für noch mehr turbulente Probleme. Sein Name stammt von einem der berühmtesten Ermittler der Krimigeschichte.

»Boah, Leute«, stöhnt Oceana und macht ihnen auf. »Kommt, rein, ich hab's eilig.« Marco und Polo flattern auf die Rückenlehne des Stuhls, statt wie sonst in ihre Lieblingsmauernische. Oceana stutzt. »Ist irgendwas?«, fragt sie und hibbelt ungeduldig herum. »Ich muss wirklich ...«

Marco und Polo rutschen enger zusammen. »Ja ... ich höre?«, sagt Oceana und setzt sich aufs Bett.

Die Tauben wechseln einen schnellen Blick und endlich öffnet Polo den Schnabel. »Wir haben da was gehört ...«, flüstergurrt sie.

Marco ruckt bestätigend mit dem Kopf. »Uuund das geht so: Es findet ein groooßes Ding statt. Ein riesiges«, ergänzt er.

»Aha«, sagt Oceana und zieht amüsiert die Augenbrauen hoch. »Was denn für'n Ding?« Es kommt nicht oft vor, dass Marco und Polo aus ihrem Taubenleben erzählen, deshalb ist sie wirklich neugierig.

»Na, ein Ding! Ein riiichtig großes«, wiederholt Polo. »Weil es eine ... eine einmalige Gelegenheit ist. Nämlich.«

»Die kommt nie wieder! Niemals. Auf keinen Fall«, ergänzt Marco.

»Hat das jemand gesagt?«, fragt Oceana und die Tauben nicken im völligen Gleichklang mit dem Kopf.

Marco trappelt auf der Lehne näher zu Oceana heran. »Ich glaube«, flüstergurrt er in ihr Ohr, »das waren Rrräuber. Böööse Räuber. Die wollen was räubern.«

»Rauben wenn schon«, verbessert Oceana und streichelt den Tauben über ihre gefiederten Köpfchen. »Also ich weiß nicht ... vielleicht habt ihr einen Fernseher belauscht. In Filmen reden die so, wisst ihr. Aber nicht in echt.« Oceana nimmt den Rucksack auf. »Aber ich finde es super, dass ihr es mir erzählt habt. Echt spannend. Bis später, ja? Tut mir leid, ich muss mich echt beeilen ...«

Polo flattert an Oceana vorbei und setzt sich auf den Boden vor die Tür. »Am Sooonntag«, gurrt sie geheimnisvoll.

Oceana lacht. »Lässt du mich nicht raus?«

»Sooonnntaaag«, wiederholt die Taube unheilvoll und tippelt einen Kreis. »Da holen sie sich die Kerle. Sie holen sich die Kerle!«

»Ja, ja-ha-haaa, die Kerle. Die schnappen sie sich. Ganz großes Ding!«, gurrt Marco von der Stuhllehne und Polo flattert zu ihrem Mann zurück. Dann nicken sie wieder im völligen Gleichklang mit dem Kopf.

Aus Oceana prustet ein Lachen hervor. »Gangsterfilm!«, sagt sie. »Eindeutig.«

Dann hetzt sie aus dem Zimmer. Für die Prothese hat sie jetzt keine Zeit mehr und für ein Frühstück auch nicht. Unten fällt ihr ein, dass sie den Zettel vergessen hat und hastet wieder nach oben, um ihn einzusammeln. Sie hört Pietro im Bad und klopft.

»Hallo? Zio? Heute Nacht war ein Erdbeben, aber ich glaub,

38

bei uns ist alles okay …«, ruft sie und stopft das Papier in den Rucksack. »Hast du nix gemerkt?« Die Tür öffnet sich und ein Schwall feuchter Luft dampft heraus. »Wäh«, macht Oceana und tritt einen Schritt zurück.

Pietro schüttelt den Kopf. »Nee, Ozzy, da war kein Erdbeben.«

»Das Haus hat gezittert!«, widerspricht Oceana vehement. »Mein Wecker ist runtergefallen, deswegen bin ich jetzt auch so spät dran.«

»Hm …« Pietro rubbelt sich durch die Haare. »Vielleicht kannst du das ja der Psychologin sagen, dass du solche Sachen hörst, also träumst … Albträume.«

Oceana sieht ihn verdutzt an. »Du glaubst mir das jetzt echt nicht, oder?«

»Ozzy«, lenkt Pietro ab, »du kommst zu spät. Ich … ich … versteh von solchen Sachen nix. Jedenfalls … war da definitiv kein Erdbeben, *e basta*.«

Wie aus dem Nichts braut sich in Oceanas Bauch ein Sturm zusammen. Es tut weh, dass sich Pietro nicht mal bemüht, mit ihr über das Erlebnis zu sprechen. Er könnte ja wenigstens mal fragen, wie es sich angefühlt hat oder wann es war. Einfach nur interessiert oder besorgt reagieren, wie jeder normale Vater es tun würde. Das macht sie gerade richtig sauer. »War klar, dass dich das nicht interessiert, du bist halt nicht mein Vater!«, quillt es aus Oceana heraus, ehe sie es sich verkneifen kann. Mist, warum flippt sie denn gleich so aus, als wär sie ein pubertierender Teenager mit Morgenmieselaunigkeit? »Ach Kacke, sorry, das wollte ich nicht sagen«, schiebt Oceana hinterher, dann dreht sie sich um und stürmt aus dem Haus.

Gerade noch einen Lachanfall mit den Tauben gehabt und jetzt so was! Um die Sache nicht noch schlimmer zu machen, achtet Oceana darauf, nicht die Haustür zu knallen und fängt an zu rennen.

Sie schafft es im letzten Moment ins Klassenzimmer und erntet einen strengen Blick von der Lehrerin.

Tut mir leid wegen vorhin, schreibt Oceana heimlich an Pietro.

Weiß gar nicht, was du meinst ☺, steht in seiner Antwort und Oceana ist es augenblicklich leichter ums Herz.

Doch irgendwie bleibt der Schultag trotzdem extrem unerfreulich und Oceana schleppt sich am frühen Nachmittag nach Hause, zwei Stunden früher als üblich, weil sie es vor Kopfschmerzen kaum mehr ausgehalten hat. Die Chemie-Arbeit war keine Sekunde Lernen wert gewesen, keine Ahnung, in welcher Müsli-Schachtel Signore Rossi die Fragen dafür gefunden hatte. Dann hatte die Psychologin angekündigt, dass das Gutachten im nächsten Schuljahr nicht mehr von ihr, sondern in der Kinder- und Jugendpsychiatrie auf dem Festland gemacht werden würde. Worauf Oceana spon-

tan überhaupt keinen Bock hatte und sich den Rest des Tages kaum mehr konzentrieren konnte. Was, hatte sie unablässig gedacht, wenn sie ihr dort nicht glauben würden? Oder was, wenn sie wirklich verrückt war? Ganz normal konnte sie schließlich echt nicht sein, denn genau wie Pietro hatte auch keins der anderen Kinder heute Nacht irgendwas Ungewöhnliches gehört oder gespürt. Vor Oceanas Gesichtsfeld zischen kleine Lichtblitze hin und her, sie muss kurz stehen bleiben und die Augen schließen.

Später wollte sie eigentlich wieder als venezianische *Principessa* für die Touristen unterwegs sein, aber das kann sie wohl auch vergessen, Oceana will einfach nur ins Bett.

Als sie die Brücke überquert, sieht sie, dass das Postboot vor ihrem Haus angehalten hat. Oceana liebt diesen Anblick: all die vielen gestapelten Pakete, große und kleine, weiße, braune und bunte. Sie sehen aus wie die Geschenke auf der Kutsche des Weihnachtsmannes.

Doch heute hat der *Postino* wohl irgendwas Kompliziertes bei ihnen abzugeben, denn Oceana hört ihn laut mit Pietro diskutieren.

»Gar keine Lust auf irgendjemanden«, haucht Oceana und setzt sich mit fest zugekniffenen Augen mit dem Rücken ans Brückengeländer, um zu warten, bis die Luft rein ist und sie sich unbehelligt in ihr Zimmer schleichen kann. Normalerweise werfen die Zusteller die Briefe einfach ein und Pakete

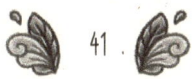

41

werden sowieso immer auf irgendeinem Absatz oder Sims abgestellt, in der Hoffnung, dass sie vom Empfänger schon irgendwann gefunden werden.

Oceana zählt die Glockenschläge mit, um nicht dem Streit der Männer zuhören zu müssen. Was kann so schwierig daran sein, einen Brief abzugeben beziehungsweise anzunehmen? Oceanas Kopf dröhnt und sie presst sich die Hand auf die Schläfe. Leises Rauschen übertönt das Wortgefecht, und nach einer halben Ewigkeit kann sie sehen, dass der *Postino* Pietro ein Klemmbrett zum Unterschreiben herüberreicht. Dann gibt er ihm einen Umschlag und legt ab.

»Na endlich«, murmelt Oceana und kommt wackelig auf die Beine.

Im selben Moment sieht der Mann auf und entdeckt Oceanas blauen Haarschopf über dem Brückengeländer.

»*Ciao*, Oceana!«, ruft er, »hab deinem Vater ein Einschreiben gegeben. Das ist für dich.«

»*Grazie!*«, ruft sie dem Boot hinterher. Ein Einschreiben? Für sie? Was ist ein Einschreiben überhaupt?

Als Oceana das Haus betritt, steht die schmale Kellertür offen und Pietro ist unten zu hören. Modriger Mief wabert die Treppe herauf. Oceana hasst den kleinen Verschlag unterhalb der Wasserlinie. Wenn sie dort ist, was sie auf Teufel komm raus vermeidet, kann sie förmlich vor sich sehen, wie sich Risse in den Wänden bilden und der Raum in Sekunden

von reißenden Wassermassen überflutet wird. Schon allein der Geruch löst bei ihr Beklemmungen aus und Oceana geht rasch in die Wohnung.

Kurz darauf ist auch Pietro wieder da.

»*Porca miseria*, hast du mich erschreckt«, japst Pietro, als er Oceana bemerkt. »Wo kommst … warum bist du … wie kommst du …?«, stammelt er eine Frage zusammen.

Oceana will etwas Schlagfertiges erwidern, wie ›durch die Tür‹, doch eine neue Kopfschmerzwelle rast durch ihr Gehirn.

»Kopfschmerzen«, stöhnt sie auf. »Ich geh schlafen. Ach so … ich hab Post gekriegt?«, fragt sie, während sie bereits aus dem Raum schlurft.

»Äh …«, macht Pietro. »Warum fragst du?«

»Der *Postino* hat so was gesagt«, antwortet Oceana mit letzter Kraft.

In ihrem Zimmer streift sie die Schuhe ab und schlüpft aus der Jeans.

»Das war nur was wegen der *Tessera Sanitaria*, der Krankenversicherungskarte, mach dir keine Gedanken«, hört sie Pietro rufen.

»Ah okay«, seufzt Oceana und zieht die Tür zu. Mit einem Knall fällt sie ins Schloss. Oceana schlüpft ins Bett, dreht sich auf die Seite und schläft augenblicklich ein.

KAPITEL 4

Oceana kommt es vor, als habe sie nur für fünf Minuten ein Nickerchen gemacht, als sie davon wach wird, dass Sporco über ihr Gesicht huscht.

»Geht's noch?«, murmelt Oceana und reibt sich die Nase.

»Scusa, aber du musst mich beschützen«, flüstert Sporco und kriecht unter ihr Kopfkissen.

Erst jetzt bemerkt Oceana, dass es nicht Sporco allein gewesen ist, der sie geweckt hat. Genau wie gestern vibriert ihr Bett, diesmal kaum merklich, bis plötzlich ein paar deutliche Schläge zu hören sind. Sie richtet sich auf und sieht auf den Wecker. Wieder ist es mitten in der Nacht. Und wieder beginnt ihr Herz zu rasen, doch diesmal eher vor Erleichterung, statt vor Angst.

»Hab ich's mir also doch nicht eingebildet!« Oceana stellt die Füße auf den Boden. Direkt neben dem Plüschfell vor ihrem Bett kann sie die Vibrationen am deutlichsten spüren. »Wie so'n gigantischer Maulwurf …«

Sicherheitshalber sieht Oceana aus dem Fenster. Doch der

 44

Kanal liegt ruhig da und die Boote schaukeln nur sacht an ihren Leinen.

Das Gepolter hat sich nun in ein monotones Brummen verwandelt. Oceana schlüpft in die Hausschuhe, um Pietro Bescheid zu sagen. Er muss unbedingt wissen, dass das nicht irgendein Hirngespinst von ihr ist, sondern definitiv etwas nicht stimmt.

»Ist dann quasi sein erster Auftrag für die neue Baufirma. Sporco, keine Angst, ich bin gleich wieder da.« Oceana tapst zur Treppe und kann Pietro schon von der zweiten Stufe aus schnarchen hören. Das ist der Moment, in dem sie gleich mehrere, blitzartige Gedanken in ihrem Tun innehalten lassen: Erstens, Oceana fällt auf, dass sie keine Kopfschmerzen mehr hat. Zweitens fühlt sie sich erholt und ausgeschlafen und drittens war da doch noch diese Sache mit dem Brief … Jetzt, da sie wieder klar denken kann, kommt ihr das ganze Theater um einen Umschlag doch reichlich komisch vor. Denn selbst wenn es nur was von der Krankenkasse war, wieso hat der *Postino* dann so einen Wirbel darum gemacht, mit Unterschrift und Rumgestreite? Oceana setzt sich auf die Stufe. Und überhaupt, Briefe, auf denen ihr Name steht, darf Pietro sowieso nicht aufmachen, egal, von wem sie kommen! Das nennt man Postgeheimnis. Und das gilt auch für einen Onkel. Davon hatten sie es vor Kurzem in Gemeinschaftskunde. Und weil das Brummen und Zittern, so lang sie hier sitzt und nachdenkt, praktischerweise wieder mal pausiert hat, kommt ihr auch noch ein vierter Gedanke: Es bringt überhaupt nichts, Pietro jetzt zu wecken, denn wenn sich nichts Weckenswertes tut, dann wird das die ganze Aktion rund um ihre Glaubwürdigkeit nicht einfacher machen.

Oceana erhebt sich und geht stattdessen in die Küche. Im Vorbeigehen fischt sie eine Strickjacke von der Sofalehne. »Beste Gelegenheit, mir den Brief anzugucken«, murmelt sie.

Als sie den Poststapel durchsieht, eine Sammlung aus Prospekten, Wurfsendungen und ungelesenen Ausgaben der *Il Gazzettino*, der wie üblich zwischen der Kaffeedose und dem Messerblock klemmt, beginnt es wieder zu vibrieren. Wie das leichte Ruckeln einer Waschmaschine im Schleudergang.

»Wahnsinn«, wispert Oceana und es ist nicht klar, ob sie das geheimnisvolle Zittern oder das Fehlen ihres Briefes meint. Denn der Umschlag ist nicht aufzufinden. Sie durchsucht auch den Papiermüll, kontrolliert den Zeitungsständer beim Couchtisch und die Schubladen des Nussbaumholz-Sekretärs, an dem Pietro den Bürokram erledigt, doch der Brief bleibt unauffindbar.

»Dann vielleicht in der Mülltonne im Keller. Wahrscheinlich war Pietro deswegen unten, als ich heimkam. Aber auch komisch, den Brief erst lauthals erstreiten und anschließend sofort zu entsorgen?« Oceana fischt die Taschenlampe vom Haken. »Ich hasse das«, flüstert sie.

Am Treppenabsatz lauscht sie noch einmal kurz auf Pietros Schnarchen und öffnet die Wohnungstür. In der Nähe des Kellers werden auch die Vibrationen wieder stärker.

Oceana nimmt den rostigen Riesenschlüssel vom Nagel unter der Treppe. Das grässliche Kreischen, als er sich im Schloss dreht, kommt Oceana diesmal doppelt so laut vor wie sonst und jagt ihr eine Gänsehaut über den Arm. Schaudernd lässt sie das Licht der Taschenlampe über die gemauerten Wände huschen.

Dann fasst sie sich ein Herz und tastet sich Schritt für Schritt in den gruftartigen Kellerraum hinab. Die Erdbeben-Geräusche hören sich hier noch bedrohlicher an. Oceana wundert sich ein wenig über sich selbst, dass sie diese Erdbeben-Sache so lässig ignorieren kann, aber die Brief-Sache erscheint ihr im Moment wichtiger. Glücklicherweise stehen die Behälter für den Müll direkt am Eingang, doch als Oceana hineinleuchtet, stellt sich heraus, dass sie völlig leer sind. Nur im Glaseimer liegt ein leer gekratztes Glas Schokocreme.

Oceana lässt das Licht durch den Raum geistern. An den Wänden stehen ein paar Holzregale, die mit Kartons, Schuhen und irgendwelchem Haushalts- und Elektrokram vollgestopft sind. In den Ecken hängen staubige Spinnweben und über allem liegt der modrige Muff nach schimmeligen Klamotten und feuchter Erde.

»So widerlich«, raunzt Oceana und steht unschlüssig herum,

statt wieder nach oben zu gehen. Das Beben ist mit ein paar Abschlussklopfern zur Ruhe gekommen und nun senkt sich drückende, klammfeuchte Stille über den niedrigen Raum. Doch irgendwas hält Oceana davon ab, den Keller fluchtartig zu verlassen.

Es ist was mit dem Regal … Etwas stimmt mit dem Regal nicht, beharrt ihr Unterbewusstsein und Oceana lässt das Taschenlampenlicht erneut an dem Durcheinander entlanggleiten. Der Inhalt des Regals sieht aus, als hätte seit Jahrzehnten niemand mehr etwas davon bewegt. Der sichtbare Rand der Bretter vor jedem Karton ist mit einer dicken, bröseligen Staubschicht bedeckt.

Außer einer. Oceana tritt näher heran.

»Oha!«, haucht sie. Breite Schleifspuren lassen sogar die ursprüngliche Regalfarbe durchscheinen. »Ich bin voll die Detektivin! Dieser Karton wird öfter rein- und rausgezogen, schätze ich mal«, flüstert Oceana und wirft einen Blick zum Kelleraufgang. »Ist das spannend! Obwohl ich ja gar nix Verbotenes tue, ich hole nur einen Karton aus 'nem Kellerregal.«

Oceana klemmt sich die Taschenlampe unter den Stumpf und zieht die Schachtel heraus. Sie ist leicht, doch in Erwartung eines schweren Inhalts hat Oceana beim Herausziehen so viel Schwung, dass sie das Gleichgewicht verliert, ihr die Taschenlampe entgleitet, diese auf den Boden fällt und erlischt.

Oceana flucht und tappt mit dem Fuß nach der Taschenlampe, doch die ist unauffindbar. In der grauen Kellerdunkelheit sieht man so gut wie nichts, das spärliche Licht am Eingang reicht kaum nach unten. Sie stellt den Karton auf den Boden, öffnet die Laschen und fasst zögerlich hinein.

»Hoffentlich keine Mausefalle«, wispert sie und kichert nervös. »Nee … okay, bloß Papier … und Briefumschläge …«, murmelt Oceana. »Ach blöd … Vielleicht so Papierkram, den man aufbewahren muss. Das wär so typisch Pietro, alles in einem Karton aufbewahren, statt in einem Ordner. Aber andererseits … Wenn er da so oft drangeht …« Sie schiebt die Papiere an den Rand des Kartons, um sie im Stapel fassen zu können und klemmt ihn sich unters Kinn. Dann hebt sie den Karton hoch. Mittlerweile haben sich ihre Augen so an die Dunkelheit gewöhnt, dass Oceana schemenhaft die Lücke im Regal erkennen kann. Sie schiebt ihn hinein und wider Erwarten klappt es auf Anhieb. Erst jetzt merkt Oceana, dass ihr kalte Schweißperlen aus den Achseln den Bauch hinabfließen und schaudert. Sie bugsiert die Papiere unter ihren Arm und geht mit eingezogenen Zehen Richtung Ausgang. Vorsichtig setzt Oceana Stufe für Stufe ihre Füße auf die Treppe und atmet erleichtert auf, als sie dem Keller entkommen ist. Sie schließt die Tür ab, kassiert wieder eine Gänsehaut, versteckt den Schlüssel und hastet fluchtartig in ihr Zimmer, als sei ein Geist hinter ihr her.

Im Bett wickelt Oceana die Decke eng um sich und zieht

die Beine an. Schlotternd wartet sie ab, bis sich die Kellerkälte aus ihrem Körper verzogen hat.

»Und ich stinke.« Oceana schnüffelt an ihrem Shirt. »Der pure Angstschweiß.«

Als Sporco unter dem Kopfkissen hervorkrabbelt, streichelt sie ihm über den Kopf. »Alles gut. Vielleicht müssen wir uns an das Gerumpel gewöhnen. Aber guck mal, ich hab was gefunden …«

»Einen Schatz?«, flüstert Sporco mit blitzenden Augen.

»Nee, leider nicht, nur Papierkram.« Oceana hält inne. »Oh *Dio mio*, bin ich bescheuert«, japst sie. »Vielleicht ist mein Brief ja auch dabei! Deswegen war ich ja schließlich in dem blöden Stinkekeller …« Oceana schiebt die Post auseinander. »Heilige Scheiße! Da haben wir ihn ja!« Ungläubig betrachtet Oceana den großen Umschlag. »*Sì*, steht eindeutig mein Name drauf. Hätte Pietro mir also wenigstens zeigen müssen. Wieso hat er das denn nicht?«, sagt sie und stutzt. »Neiiin!« Hastig kontrolliert sie auch die restlichen Umschläge. Manche sind leer, in manchen steckt noch der Briefbogen, viele sind gar nicht geöffnet worden. Doch überall ist als Adressatin ihr Name zu lesen. »Das ist alles meine Post!« Unvermittelt setzen die Geräusche wieder ein. Blitzschnell verschwindet Sporco unter dem Kissen.

»Himmel!«, entfährt es Oceana. Ratlos starrt sie auf die Post. »Was verheimlicht Pietro mir bloß?«

KAPITEL 5

Beim genaueren Betrachten stellt Oceana fest, dass auf allen Umschlägen zudem echte Briefmarken kleben.

»Nicht nur so Maschinenstempel«, murmelt sie. »Die hat da echt jemand draufgeklebt. Und meinen Namen hingeschrieben, mit …« Oceana hält die Briefe einzeln unter die Lampe. »Tinte. Genial. Jemand schickt mir Briefmarken-Tintenbriefe und der … der … Blödmann versteckt sie vor mir im Keller. Das kann er doch nicht machen. Ich muss ihm doch vertrauen können!«

Oceana zieht die Schultern hoch. Sie fühlt sich von Pietro verraten. Schnell ordnet sie die Briefe und Papiere nach Datum, damit sie mit dem ältesten Schriftstück anfangen kann. Neugierig tapst Sporco heran und schnüffelt an den Umschlägen.

»Lecker muffig«, sagt er. Dann sieht er Oceana an. »Ganz bescheuerte Situation gerade, was?«

Oceana nickt. »Ja, ich flippe gleich aus«, keucht sie und wedelt mit einem Umschlag. »Der hier ist sieben Jahre alt. Sieben! Da ist das mit Mama gerade passiert«, erklärt sie Sporco und schubst ihn sachte beiseite, weil er angefangen hat, an einem Umschlag zu nagen. »Und er ist von einem Anwalt! Aus *Filicudi!*« Oceana muss ihre Stimme senken, damit sie nicht zu laut wird. Sie nestelt das Blatt aus dem Umschlag und streicht die Seite glatt. Ihre Augen fliegen nur so über die Zeilen. »Hä?«, macht sie dann. »Noch mal von vorne.«

Sporco stupst sie mit der Schnauze an. »Willst du's mir nicht vorlesen, dann kann ich mitdenken«, schlägt er vor. »Und atme mal tief durch.«

Oceana holt tief Luft und tut wie geheißen. »Danke, Kleiner«, haucht sie. Dann räuspert sie sich und beginnt zu lesen.

Sehr geehrter Vormund Herr Pietro Tedesco von Kind Oceana Bianchi,

hiermit teile ich Ihnen mit, dass ich den abschließenden Untersuchungsbericht nun vollständig vorliegen habe, aus dem hervorgeht, dass die von Ihnen als vermisst angegebene Halskette aus dem Fall Aktenzeichen 20/957 *nicht gefunden werden konnte. Des Weiteren teile ich mit, dass die entsprechende Versicherungssumme inzwischen auf dem Treuhandkonto der Kanzlei für das Kind Oceana eingebucht worden ist. Sie erhalten bis zu Oceanas 18. Lebensjahr einmal im Jahr einen Kontoauszug, den Sie bitte Ihren Unterlagen beifügen. Wie bereits besprochen, wird die Gesamtsumme innerhalb von vier Wochen nach der Volljährigkeit des Kindes, dann genannt*

Treuhandnehmerin, ausgezahlt werden, sofern uns eine Konto-verbindung vorliegt. Sollte die Treuhandnehmerin die Summe nicht anfordern, wird das Guthaben automatisch zugunsten des Vormunds Pietro Tedesco auf die bei uns hinterlegte Bank-verbindung überwiesen.

Bei weiteren Fragen stehen wir gerne zur Verfügung.

Im Anschluss finden Sie unsere Kostennote, die wir per Ein-zugsermächtigung auf eines unserer Kanzleikonten beglichen haben.

Mit freundlichen Grüßen

Antonio Falcone

Avvocato specializzato in diritto di famiglia e successorio, Fachanwalt für Familien- und Erbrecht.

»Das … das versteht ja kein Mensch!« Oceana sieht in ein paar weitere Umschläge und findet darin tatsächlich Konto-auszüge. Der mit dem aktuellsten Datum weist ein Guthaben auf.

»Zweihundertachtundvierzigtausenddreihundertsieben-undsiebzig und neunzig Cent?«, quietscht Oceana.

»Oha«, sagt Sporco.

»Kann das denn sein?« Oceana liest den Brief des Anwalts wieder und wieder. »Die haben ein Konto für mich, da ist fast eine Viertel Million Euro drauf? Und die ganze Kohle gehört mir, wenn ich achtzehn bin?« Oceana lässt sich ins Kissen

 53

zurückfallen. »Also Sporco, ich muss mich verbessern, ich hab wohl doch einen Schatz gefunden.« Und dann bekommt Oceana einen so glucksenden Kicheranfall, dass sie die Bettdecke über den Kopf ziehen muss, um nicht halb Venedig aufzuwecken.

Als Oceana sich wieder beruhigt hat, sieht sie auf die Uhr. Das Gerumpel ist verstummt und draußen zieht langsam die Dämmerung auf. Oceana gähnt, dann knurrt ihr Magen.

»Stimmt, ich hab ja seit gestern Nachmittag nix gegessen und muss quasi gleich in die Schule ... Wie verrückt ist das alles?!«

Oceana huscht in die Küche. Während sie eilig Geschirr, Müsli, Milch, Schokolade und Orangensaft in einen Jutebeutel steckt, denkt sie über das nach, was sie gerade erfahren hat. Was soll man nur davon halten? Und was ist mit Pietro? Hat er ernsthaft diese Benachrichtigungen und Unterlagen vor ihr versteckt, damit er das Geld einsacken kann, wenn sie achtzehn ist?

Irgendwas in Oceana wehrt sich, das zu glauben, denn dann hätte er die Briefe ja auch einfach wegwerfen können – sie wäre niemals im Leben dahintergekommen. Und teilweise sind sie ja nicht mal geöffnet worden. Und so was wäre auch sehr untypisch für Onkel Pietro. Er ist jetzt vielleicht nicht der perfekteste Vater-Ersatz der Welt, aber er hat sie lieb und sie ihn. Und er hat ihre Mutter geliebt wie keinen anderen

Menschen auf der Welt, da würde er doch nicht deren Tochter etwas wegnehmen wollen!

Oceana breitet den Inhalt des Beutels auf dem Schreibtisch aus und schaufelt heißhungrig zwei Löffel Müsli in den Mund. Während sie noch kaut, fischt sie sich das Einschreiben aus dem Stapel. Die Versandtasche ist schwer und der Inhalt hat sich im Umschlag verklemmt. Erst als das Papier einreißt, kann Oceana einen Schnellhefter und ein separates Anschreiben herausholen.

Auch dieses Schreiben kommt aus *Filicudi*, von einem *Istituto di Biologia Marina Spezifica*, dem Institut für spezielle Meeresbiologie.

»Was?! Was soll das jetzt wieder? Ich und Wasser und Meer, ha ha …« Oceana steckt sich zwei Stücke Schokolade in den Mund und beginnt zu lesen:

Gentile Signore Pietro Tedesco, gentile Signorina Oceana Bianchi,

wie Ihnen in einem separaten Schreiben bereits mitgeteilt wurde, endet die Geheimhaltungs- und Aufbewahrungspflicht unseres Instituts, Standort Filicudi, bzgl. der ehemaligen Mitarbeiterin Dr. Marina Bianchi, Meeresbiologin, Spezialeinheit, mit dem heutigen Datum. Aus diesem Grund übersenden wir zu Händen der Hinterbliebenen beiliegende Akte zu Ihren Unterlagen.

Bitte beachten Sie, dass der Standort Filicudi zum Ende des letzten Jahres dauerhaft geschlossen wurde, bei Rückfragen kontaktieren Sie bitte die Instituts-Zentrale in Milano unter Angabe der oben angegebenen Mitarbeiter-Nummer.

Sinceramente, Krakelkrakel-Unterschrift ...

Oceana verschluckt sich an zu viel Schokolade und hustet braune Soße aufs Papier.

Erfreut stürzt sich Sporco darauf und beginnt an dem Glibber zu schlecken. Oceana zieht ihm das Papier wortlos unter seinen Pfötchen hervor, wischt mit dem Ärmel der Strickjacke darüber, legt es beiseite und stützt ihr Gesicht in die Hand. Dann fängt sie an zu weinen. Sie spürt, wie Sporco auf ihre Schulter klettert und in ihr Ohr atmet.

»Ich bin da«, flüstert er. Seine Schnurrhaare kitzeln sie an der Wange.

»Sporco, ich verstehe überhaupt nix mehr«, schluchzt Oceana. »Warum erzählt mir denn das niemand? Mama war Meeresbiologin? Meine Mama! Und sogar irgend 'ne Spezielle! Wieso sollte ich das denn nicht wissen dürfen? Danke, Pietro, für die halbe Wahrheit, nee, höchstens die viertel Wahrheit, Mama habe in irgend so 'ner wissenschaftlichen Firma gearbeitet. Nee, sie war Meeresbiologin. Sporco, hörst du das? Ich weiß nicht mal, was das genau ist, aber es ist der Wahnsinn!« Oceana wischt sich über die Nase und Sporco schleckt eine Träne auf. »Oh Mann, heute ist der krasseste Tag meines Lebens!« Wieder linst Oceana auf den Wecker. Wenn sie sich noch frisch machen und umziehen will, muss sie spätestens in einer halben Stunde damit anfangen.

»Schaff ich«, sagt Oceana, zieht die Nase hoch, schaufelt sich Müsli in den Mund und wechselt mit der Mappe ins Bett.

Zunächst kann sie nichts Interessantes finden, bloß Tabellen mit Arbeits- und Urlaubszeiten, Steuerformularen, Kranken- und Rentenversicherungsunterlagen und Lohnzetteln, soweit Oceana das überhaupt beurteilen kann. Oceana blättert weiter und überfliegt seitenweise Computerausdrucke von Projektbeschreibungen mit farbigen Diagrammen voller Berechnungen.

»Hm ...«, macht Oceana ein wenig ungeduldig. »Keine Ahnung, was daran geheim gehalten werden muss, das versteht ja eh kein Mensch ... Geht das jetzt die ganze Zeit so weiter?« Sie fächert durch die eingehefteten Blätter. »Ich dachte, als Meeresbiologin ist man mehr so am Schwimmen, nicht am Rechnen ...« Oceana gähnt in das frühmorgendliche Kirchengeläut hinein, das von der nahe gelegenen *Piazza San Marco* herüberweht. Sie will den Ordner gerade weglegen, um sich schweren Herzens endlich für die Schule fertig zu machen, als sie bemerkt, dass es hinten im Ordner doch noch Blätter gibt, auf denen ganz normaler Text zu sehen ist. Auf dem allerletzten Papier im Ordner fällt ihr eine Unterschrift auf.

»M Punkt Bianchi«, murmelt Oceana und eine Hitzewelle

 57

rauscht durch ihren Körper. »Ich glaube, da hat Mama was unterschrieben. Kann das sein …?« Sie blättert hektisch zurück, um den Anfang des Schreibens zu finden. Da ist es:

»Ergänzung zur Verschwiegenheitsvereinbarung« steht ganz oben auf der Seite. Dann weiter unten: »Persönliches Schreiben von Dr. Marina Bianchi, im Falle ihres Todes auszuhändigen an deren Tochter Oceana.«

»Ein Brief an mich?«, quetscht Oceana unter Tränen hervor. »Von Mama?!«

Und je weiter Oceana sich in das Schreiben vertieft, desto mehr gerät ihre Welt ins Wanken …

… lassen sich bis weit ins letzte Jahrhundert zurückverfolgen. Weißt du, mein Schatz, ich persönlich habe das nie recherchiert oder überprüft, denn ich war ja der lebende Beweis dafür. Alles, was ich darüber weiß, habe ich von meiner Mutter erfahren und jetzt erzähle ich dir die ganze Geschichte. Eines Tages nahm mich deine Nonna also beiseite und sagte mir ohne Umschweife, dass ich eine geheime Gabe geerbt habe. Ich erinnere mich noch, dass ich nicht mal verwundert darüber war, was sie mir erzählte, denn als Kind hat man ja keinerlei Vergleich, man kann Gehörtes nicht einordnen und nimmt einfach an, was einem gesagt wird.

Sie offenbarte mir also eines Tages, dass ich eine Wasseratmerin sei. Dass ich tatsächlich unter Wasser genauso normal weiteratmen könne wie an Land. Und dass alle anderen Kinder und überhaupt kein Mensch auf der Welt so was beherrsche. Diese Fähigkeit sei in unserer Familie seit Generationen bekannt. Jedoch nur bei den Mädchen und Frauen, die dies dann wiederrum an die direkten Nachkommen, also ihre Töchter weitervererbten.

Die letzte Wasseratmerin in der Ahnenreihe vor deiner Großmutter hat sogar mehr oder weniger die Welt verändert. Sie hieß Calendula, weil ihre Mama Ringelblumen so mochte. Sie war eine wunderschöne Frau und liebte es, eine Wasseratmerin zu sein. Sie tauchte nach Perlen, nach Schiffswracks, sie rettete Schwimmer vor dem Ertrinken, Matrosen nach Schiffsunglücken und vieles mehr. Sie liebte es so sehr, dass sie ein wenig unvorsichtig und übermütig wurde und immer wieder mal gesichtet wurde und die Erzählungen der Zeugen anfingen sich zu gleichen. Und was passierte? Die Legende um die Meerjungfrau war geboren! Ja, wie sollte man es sich auch anders erklären, dass man mitten im Meer eine Frau mit langen, blauen Haaren schwimmen und springen sah, weit weg vom Ufer, minutenlang unter Wasser. Ja, ich kann deinem wunderhübschen Gesicht ansehen, dass du das alles kaum glauben kannst. Aber es ist so: Alles, was die Welt über Meerjungfrauen weiß oder zu wissen glaubt, geht auf meine Vorfahrin Calendula zurück. Nur dass natürlich niemand ahnt, dass die Gerüchte, Märchen und Geschichten über Meerjungfrauen tatsächlich wahr sind! All die Bilderbücher und Kinderbücher, in denen es um die magischen Abenteuer von Meermädchen, Nixen, Seefräuleins und wie sie alle genannt werden, geht, haben in Wahrheit Calendula, die Wasseratmerin, als Vorbild. Eines Tages geschah jedoch, was geschehen musste. Calendula ging einem Fischer ins Netz. Im wahrsten Sinne des Wortes. Er fischte also sie, statt eines Schwarms Makrelen aus dem Wasser und dann begann das, was man eine ganz besondere Liebesgeschichte nennt. Denn die beiden verliebten sich unsterblich ineinander und gründeten eine große, glückliche Familie. Calendulas Ehemann bewahrte das Geheimnis seiner Frau bis ins Grab und da die beiden nur Söhne bekamen, kehrte für eine lange Zeit Ruhe ein und das Geheimnis war nicht in Gefahr.

Mein kleiner Goldfisch, natürlich muss ich dir auch noch die blauen Haare erklären: Sie waren über die Jahrhunderte für die Wasseratmerinnen eine große Herausforderung. Wie erklärt man, dass jede kleine Wasseratmerin mit etwa fünf, sechs Jahren plötzlich blaue Haare bekam? Unter Wasser verschmolzen die Wasser-

atmerinnen mit der Umgebung, aber an Land fielen wir auf wie ein karierter Hund. Seit ich denken kann, habe ich schwarze Haare, meine Mama hat sie mir gefärbt, und das habe ich als Teenager und Erwachsene auch beibehalten. Wer weiß, wann du diesen Brief liest, vielleicht haben wir längst über das Wasseratmen und die blauen Haare gesprochen. Ich werde dich jedenfalls selbst entscheiden lassen, ob du deine Haare färben willst oder nicht, heutzutage sind auffällige Haarfarben normal. Ich bin gespannt, wie du das alles sehen wirst – zu dem Zeitpunkt, an dem ich diesen Brief schreibe, bist du noch klein, schwimmst und tauchst ja nur gemeinsam mit mir, noch ist dir nicht bewusst, dass wir eine besondere Gabe besitzen.

Das Gleiche gilt übrigens für die Haut: Unter Wasser nimmt sie die Farbe der Umgebung an. Das ist ziemlich gewöhnungsbedürftig, mein Spatz, weil man seinen Körper mehr spürt als sieht. Aber du bekommst sehr schnell Übung darin.

Die nächste Wasseratmerin nach Calendula war dann meine Mutter. Sie hat von ihrer Gabe nie Gebrauch gemacht, sondern das Wasser auf Teufel komm raus gemieden. Leider sind deine Großeltern gestorben, als ich noch im Studium war. Für mich selbst stand nie zur Debatte, die Gabe des Wasseratmens nicht anzunehmen. Solange

ich denken kann, wollte ich nur eines: unter Wasser sein. Da komme ich wahrscheinlich ganz nach Calendula, der ersten Meerjungfrau der Welt. Dies in Verbindung mit meinem Forschungs-, Wissenschafts- und Umweltaspekt hat mich dazu gebracht, bei jenem Institut zu arbeiten, von dem du diesen Brief nun erhalten hast.

Oh meine kleine Meerjungfrau, wie sehr ich bete, dass du ihn niemals zu lesen bekommst. Ich liebe dich so sehr, deine Mama.

PS: Hier kommt jetzt noch ein bisschen was Rechtliches zu deiner Sicherheit: Das Institut hat eine Verschwiegenheitserklärung abgegeben, damit niemand von unserem Geheimnis erfährt. Diese Erklärung ist personenübergreifend, das bedeutet, sie bezieht sich ebenfalls auf dich, das Institut wahrt also Stillschweigen über deine Existenz. So kannst du eines Tages deine eigene, selbstbestimmte Entscheidung treffen, wie du mit dieser Gabe umgehen möchtest. Falls mir etwas passieren sollte, erhältst du vom Institut auch eine Versicherungssumme.

Ich liebe dich, kleine Oceana, mehr als alle Wellen der Welt rauschen können und mehr als alle Sandkörner der Welt glitzern können.

Deine Mama.

Kapitel 6

Vor Oceana verschwimmt die Welt. Sie weint lautlos, die Tränen tropfen aufs Papier, während sie an die Wand starrt. Dann schüttelt sie den Kopf, als wolle sie all die kleinen Bruchstücke und Bauteilchen an den richtigen Ort ruckeln, um wenigstens ansatzweise diese völlig unglaubliche Wahrheit zu erfassen. In diesem Moment klopft Pietro an die Zimmertür.

»Ozzy?«, ruft er. »Aufstehen! *Allora, sprigati*, komm beeil dich, du bist ewig zu spät!«

Oceana sitzt wie betäubt.

»Wirwirwirwir kriegen das schon alles wieder hin«, tröstet Sporco sie hilflos und beißt sanft in ihr Ohrläppchen.

Dadurch löst sich Oceanas Starre und sie schlägt schnell die Bettdecke über die Unterlagen.

»Äh, oh, okay, danke, Pietro!«, quetscht sie hervor.

Was soll sie jetzt nur tun? Erst mal weg hier …

Oceana schlüpft hastig in ihre Jeans und stopft ein frisches Oberteil in den Rucksack. Unschlüssig sieht sie aufs Bett, wo Sporco auf dem Deckenberg sitzt.

»Ich lass niemanden dran, ehrlich«, flüstert er. »Ich bewach das für dich.«

Oceana schüttelt den Kopf. Sie kann die Sachen unmöglich hierlassen. Zum Abfotografieren hat sie keine Zeit mehr. Und in den Karton zurücklegen geht auch nicht, erst muss sie Beweise sichern. Sie gibt sich einen Ruck, legt den Jutebeutel aufs Bett und hält mit den Zähnen den Rand hoch, um die Papiere hineinstecken zu können. Dann stopft sie die Tasche in den Rucksack und stürmt aus dem Haus.

Und erst als sie in letzter Sekunde das *Vaporetto*, den Wasserbus, noch erwischt und japsend auf einen Sitz sinkt, fällt ihr auf, dass sie im Gegensatz zu ihrem kompletten bisherigen Leben gerade den absolut kürzesten Weg zur Schule genommen hat, den es gibt, nämlich übers Wasser.

»Hab ich echt?«, murmelt sie verwundert. Dann schlingt sie den Arm um den Rucksack mit dem Beutel voller verwirrender lebensverändernder Neuigkeiten und muss wieder weinen.

Und erst als Oceana in letzter Sekunde in die Klasse huscht, weil sie sich vorher noch in die Liste am Kopierraum eingetragen hat und sie die erstaunten Blicke der anderen auf sich spürt, fällt ihr auf, dass sie noch etwas zum allerersten Mal gemacht hat: Sie ist ohne Prothese in die Schule gegangen.

Der Schultag zieht sich in einer zähen Abfolge von Klassenzimmer- und Lehrerwechseln, kurzen Gesprächen und an-

 64

sonsten brütendem Schweigen. Oceana hat komplett auf Autopilot geschaltet.

Wie erschlagen schleppt sie sich nach der letzten Stunde zum Kopierraum. Zum Glück sind jetzt erst mal zwei Wochen Ferien! Ihr geht so viel im Kopf herum, dass sie den wesentlichsten Punkt, die Sache mit dem Wasseratmen, extra schon ganz weit nach hinten gedrängt hat, um irgendwann später in Ruhe darüber nachzudenken.

Im Kopierraum herrscht das übliche Chaos aus Flyern, Fehldrucken und aufgerissenen Druckerpapierkartons.

»War ja klar«, kommentiert Oceana, als sie die rot blinkende Leuchte bei ›Papierstau‹ entdeckt.

Sie öffnet die Klappe des Kopierers und zieht vorsichtig das zerknautschte Blatt aus dem Schacht. Dann tippt sie auf Neustart und holt den Beutel aus dem Rucksack, während die Maschine sich brummend abschaltet und wieder hochfährt. Oceana sieht nach, ob sich genug Druckerpapier in der Klappe befindet und legt die erste Seite in den Einzug.

»Jetzt mach halt«, schimpft sie, als die Automatik nur ein hohles Brummen von sich gibt, ohne das Blatt zu greifen. Doch egal mit welcher Taktik sie das Papier in den Schlitz einführt, der Kopierer reagiert nicht, sondern surrt im Leerlauf vor sich hin. Oceana seufzt und öffnet die Abdeckung über der Scannerfläche.

»Na super, jetzt muss ich alles einzeln einlegen, vielen

Dank …«, mault sie. Als Oceana die Abdeckung loslässt, um den ersten Brief aufzulegen, fällt die Klappe wieder hinunter. »Ja, perfekt, du Scheißgerät! Ich hab halt nur einen Arm, wieso bleibst du nicht oben, wenn ich dich aufmache?«, flucht Oceana und probiert es erneut. Doch der Arretierungsmechanismus des Deckels scheint nicht zu funktionieren. Immer wieder fällt die Abdeckung hinab, bevor Oceana ihre Unterlagen auf die Platte legen kann. Oceana schließt für einen kurzen Moment die Augen und atmet tief durch. »Ich flippe gleich aus«, stößt sie zwischen zusammengepressten Zähnen hervor.

»Dann helf ich dir lieber mal«, sagt eine Stimme hinter ihr und Oceana fährt herum.

Wahrscheinlich hätte ein Elefant den Kopierraum betreten können, sie hätte es nicht bemerkt. Es ist Francesco aus der Parallelklasse. Am Arm trägt er die Bandage der Schulsanitäter.

»Hab Dienst, aber niemand ist krank«, sagt er achselzuckend.

Dann stellt er sich neben den Kopierer und hält die Klappe oben. Sobald Oceana die Papiere aufgelegt hat, senkt er sie hinunter und Oceana drückt auf den Startknopf. Wortlos arbeiten die beiden sich durch den Inhalt des Jutebeutels und Francesco stellt so hartnäckig keine Frage, dass Oceana es irgendwann nicht mehr aushält.

»Sind so Unterlagen«, sagt sie zur Erklärung.

»Kein Ding«, erwidert Francesco. »Ich kopier hier oft Zeug für meinen Bruder, wenn im Geschäft der Drucker spinnt.«

»Ah«, sagt Oceana und die beiden arbeiten weiter.

Als alles kopiert ist, sieht Francesco sich nach einem halbwegs brauchbaren Umschlag um, klopft den Stapel für Oceana zu einem ordentlichen Packen zusammen und steckt ihn hinein.

»Da, sonst fliegt dir gleich alles wieder durcheinander.« Francesco reicht ihr den Umschlag. Dann sieht er auf die Uhr. »Also gut, *ciao*«, grüßt er und geht aus dem Raum.

»Danke übrigens!«, ruft sie ihm hinterher.

Francesco hebt winkend die Hand und öffnet im Laufen knisternd den Klettverschluss der Sanitäter-Binde. Anscheinend ist sein Dienst vorbei.

Auf dem Weg durch die Gassen von Venedig schnüffelt Oceana unauffällig an ihren Achseln.

»Wie kann man nur so müffeln?«, murmelt sie. Vor lauter Überforderung hat sie total vergessen, wie geplant in der Schule das Shirt zu wechseln. Trotzdem will sie jetzt auf keinen Fall nach Hause gehen. Sie braucht irgendwo völlige Ungestörtheit, um sich in aller Ruhe in die Briefe und Berichte zu vertiefen. »Dann mal auf in den Lesesaal der Bibliothek *Museo Correr*.«

Oceana lässt sich von den Menschenmengen zur *Piazza*

di Marco treiben. Venedig zeigt sich heute von seiner allerfreundlichsten Sonnenseite, das Wasser des *Canale Grande* schimmert in geheimnisvollem Milchblau und in der Luft liegt die flirrende Gute-Laune-Stimmung der Touristen aus aller Welt. In das Sprachgewirr mischt sich das Gurren der Tauben und das Gluckern des Wassers in den Kanälen. Hin und wieder hört man einen *Gondoliere* singen.

Oceana spürt, wie sich ein Lächeln auf ihr Gesicht legt, weil sie dieses Gefühl so liebt: an einem magischen Sehnsuchtsort zu leben. Sie kann es kaum erwarten, sich wieder im Kostüm unter die Leute zu mischen.

Doch Oceanas Stimmung kippt so schnell ins Gegenteil, wie sie gekommen ist. Denn selbst auf ihren Schleichwegen, die normalerweise nicht so überlaufen sind, schieben sich heute die Urlauber in großen Trauben durch die engen Gässchen. Der zähe Strom verstopft die zahllosen Brücken, sodass an einigen Stellen kaum ein Durchkommen ist.

»Jetzt pass doch auf!«, schimpft Oceana, als sie wieder mal von ihrem Weg entlang der Hausmauern abgedrängt wird und dem Kanalrand gefährlich nahe kommt.

Sie senkt den Kopf und kämpft sich weiter. »*Scusi, scusi, scusi*«, murrt sie und versucht im Gedränge hartnäckig, den Sicherheitsabstand zum Kanal zu vergrößern. »Wo-how, Achtung, Kleiner!« Beinahe wäre sie einem Chihuahua auf die Pfoten getreten, der verwirrt und alleine im Gedränge umhertippelt und sich immer wieder suchend um sich selbst dreht. »Halt, warte!«, ruft Oceana und will die rosafarbene Leine mit den Glitzersteinen schnappen, die das aufgeregte Hündchen hinter sich herzieht.

Da erschreckt es sich vor etwas und weicht mit einem panischen Hopser zur Seite aus. Das Hündchen ist jetzt ziemlich nahe am Wasser und Oceana redet mit beruhigenden Worten auf ihn ein. Doch der Chihuahua tänzelt rückwärts, rollt ängstlich mit den kugeligen Augen, verheddert sich in der Leine, strauchelt und rutscht in den Kanal.

»Oh nein!«, ruft Oceana. »He! Hallo!« Ihr Kopf fliegt hin und her.

Das muss doch jemandem aufgefallen sein. Hat das niemand gesehen? Ein Erwachsener, der weiß, was zu tun ist? Wo sind denn seine Besitzer?

Doch der Strom der bummelnden Besucher schiebt sich beständig weiter, keiner hat das Drama zu ihren Füßen bemerkt.

Oceana klammert sich an den Anleger und zwingt sich, ins Wasser zu schauen. Ihr wird schwindlig, am liebsten würde sie einfach von hier verschwinden. Doch der winzige Hund ist in Lebensgefahr, das erkennt sie sofort. Er wird von der Bugwelle einer vorbeigleitenden Gondel erfasst und abgetrieben. Wer nicht weiß, dass dort ein Hund schwimmt, wird einfach nur einen weißen Fleck wahrnehmen, der aussieht

wie ein weggeworfener Pappbecher, so klein ist das Hunde-köpfchen.

Etwas in Oceana nimmt ihr die Entscheidung ab und sie pfeffert ihren Rucksack neben einen Poller und rennt los. Unsanft rempelt sie sich den Weg zur nächsten Brücke frei. Sie weiß, dass diese unter dem Bogen einen Absatz hat, von dem aus sie den kleinen Kerl vielleicht erreichen kann, wenn er herangetrieben wird. Sie muss nur schneller sein als die Strömung. Sie erreicht die Brücke und hastet das verborgene Treppchen am Ufer hinab.

In ihrem Kopf ist nichts. Nur die unumstößliche Gewiss-heit, den Hund retten zu wollen.

Sie kauert sich auf den Absatz und streckt ihren Arm so weit es geht aus, ohne die Balance zu verlieren. Da sich Ocea-na nicht mit dem anderen Arm festhalten kann, schwebt sie gefährlich nah über der Wasseroberfläche, während sie sich mit den Sneakern mehr recht als schlecht an der rostigen Lei-ter festklammert, die in den Kanal ragt. Brackiger Geruch schlägt ihr entgegen, der sie an das gruselige Kellergewölbe zu Hause erinnert. Doch Oceana unterdrückt den Gedanken und konzentriert sich ganz auf den Hundekopf. Immer wie-der gerät er unter Wasser.

»Halte durch«, murmelt Oceana und fixiert den kleinen Hund, als könne sie ihn dadurch zu sich ziehen. Ihr Körper vibriert vor Anspannung. Die Muskeln im unteren Rücken

schmerzen und sie fühlt einen unangenehmen Druck in der rechten Schulter, weil ihr Gehirn auch dem Armstumpf das Signal zum Ausstrecken gibt.

»Spül ihn hier rüber«, beschwört sie die Strömung. Oceanas Stimme klingt hohl und unheimlich unter dem Brückengewölbe. Oh, ja, ja, ja! Da, die Leine ist wieder an der Oberfläche, noch ein kurzes Stück und Oceana kann sie sich schnappen!

Sie ist so sehr auf die Leine und das Hundeköpfchen fixiert, dass sie inzwischen mit einem Bein im Wasser hängt, um sich noch weiter hinausbeugen zu können. Es ist so weit, der Hund kommt angetrudelt und die Leine schwappt genau im richtigen Moment in einem weiten Bogen in Oceanas Richtung. Jetzt! Oceana beugt sich hinaus, ihre Finger weit gespreizt, doch unmittelbar als sie zugreifen will, verschwinden Leine und Hund unter Wasser.

Oceana muss hilflos zusehen, wie das Tier in einem schnellen Strudel weiter hinuntergezogen wird. Er strampelt mit den Pfötchen gegen den Zug der Leine, die sich irgendwo verfangen haben muss, aber nun ist er so tief, dass man ihn von oben nicht mehr sehen kann. Der Chihuahua wird qualvoll ertrinken, daran gibt es keinen Zweifel mehr.

»Kackekacke!«, flucht Oceana, wurschtelt ihr Festhaltebein aus der Leiter und klettert Sprosse für Sprosse weiter hinunter. Immer tiefer, bis das Wasser ihr an den Bauch reicht, an die Brust und schließlich über ihrem Kopf zusammenschlägt.

Oceana sinkt nach unten und steht auf dem Grund des Kanals.

Sie braucht nur einen winzigen Moment, um sich zu orientieren. Da, die Leine hat sich in den Streben eines Regenschirms verheddert und der Hund strampelt um sein Leben.

Das ist das Einzige, was Oceana wahrnimmt.

Nicht, dass ihre Haare sich der Kanalwasserfarbe angepasst haben.

Nicht, dass auch ihre Haut ihren natürlichen Ton verändert hat und sie ihre Hand kaum noch erkennen kann.

Nicht, dass sie UNTER Wasser ist.

Nicht dass sie ganz normal atmen kann.

Nicht, dass es für sie überhaupt keinen Unterschied macht, ob sie umgeben von Luft oder Wasser ist.

Nein, sie hört und sieht genau wie sonst auch. Sie stößt sich nun ab, um instinktiv zu schwimmen, statt zu laufen – und das scheint der einzige Unterschied zu sein. Mit zwei kräftigen Zügen hat sie den Hund erreicht, stopft ihn sich unter das Shirt und reißt an der Leine, bis sie sich mit einem Ruck aus dem Gestänge löst.

Oceana blinzelt nach oben, die Sonne erhellt die Wasseroberfläche, sie benötigt nur einen kräftigen Beinschlag, um sie zu durchbrechen. Im selben Augenblick nimmt auch ihre Haut wieder ihre ursprüngliche Farbe an.

»Oh mein Gott, wie krass!« Jemand versucht verzweifelt,

sein Boot davon abzuhalten, Oceanas Kopf zu treffen. »Wo kommst du denn so plötzlich her!«

»Francesco?« Oceana blinzelt sich das Wasser aus den Augen und legt blitzschnell den leblosen Hund ins Boot.

»Krass und das?«, kreischt Francesco und das Boot gerät gefährlich ins Wanken, als er aufspringt und versucht, Oceana hineinzuhelfen. Er zerrt an ihrem Hosenbund und Oceana plumpst keuchend ins Boot, klemmt sich den Hund zwischen die Knie und klopft ihm mit der Hand auf Rücken und Bauch.

»Atme, atme, atme, kleiner Kerl! Atme!«, betet Oceana, reibt sich unwirsch die nassen Strähnen aus dem Gesicht und patscht weiter auf seinem Körper herum. Dann fängt sie an, ihn zu schütteln. »Mach schon, mach schon!«, beschwört sie das kleine Tier.

»Ist er etwa tot?«, fragt Francesco fassungslos. »Er sieht ziemlich tot aus. Warte, ich kann Wiederbelebung, das funktioniert bestimmt auch bei 'nem Hund!«

»Ja, dann mach doch endlich!«, kreischt Oceana panisch und reicht ihm das Hündchen hinüber.

Im selben Moment fängt der Chihuahua an, sich zu regen. Er öffnet die kugelrunden Glubschaugen und sein kleiner Bauch produziert pumpende Bewegungen. Dann erbricht er in einem großen Schwall Wasser und seinen sonstigen Mageninhalt in das kleine Boot und über Oceanas Beine, bis er schließlich nur noch gelben Schleim hervorwürgt.

»Ja!«, jubelt Francesco. »Braver Hund!«

»Fein, fein, fein«, bestätigt auch Oceana. »Kotz du ruhig. Wer kotzt, stirbt nicht. So ist gut. So ist gut. Uuuuund noch mal …« Während der Hund sich übergibt, niest, schnaubt und würgt, nestelt Oceana an der Leine herum, bis der Verschluss aufgeht und sich das Band löst. Sie legt die Beine im Schneidersitz zusammen und bettet den zitternden Hund in die Kuhle. Oceana streichelt ihm so lang über das nasse Fell, bis er sich in der Mulde der besudelten Jeanshosenbeine zusammenrollt und erschöpft einschläft.

Inzwischen hat Francesco das Boot gewendet und den Motor gestartet.

»Du hast ihm das Leben gerettet«, sagt er in das Tuckern hinein. »Aber das war schon total verrückt, du hättest selbst ertrinken können. Du hast doch dieses Wasserpanik-Ding, oder nicht?«

Und das ist der Moment, in dem Oceana den Lachflash ihres Lebens bekommt. Und vielleicht weint sie auch ein bisschen dabei, jedenfalls hält sie sich den leeren Ärmel ihres Shirts vors Gesicht, um ihre peinlichen Prustgeräusche zu dämpfen, während sie den Hund streichelt und zu begreifen versucht, was eigentlich gerade geschehen ist.

Kapitel 7

»Du hast mich übrigens fast zu Tode erschreckt«, sagt Francesco nach einer Weile. Er steuert das Boot an einen Anleger und wirft die Leine über den rotweiß gestreiften Pfahl. »Ich hätte dich beinahe überfahren.«

Oceana zieht die Nase hoch. »Wo sind wir hier?«

»Vor der Gondel-Werkstatt meines großen Bruders. Ich jobbe hier. Eigentlich sollte ich was erledigen … Lorenzo?« Francesco springt auf die Gasse. »Bruuudeeer! Hm …«, Francesco zuckt mit den Schultern, »auch gut, ist wohl grad nicht da. Komm, du kannst dich hier umziehen. Ich trockne den Hund.«

Oceana reicht Francesco das Tier und klettert von Bord. Als sie wieder festen Boden unter den Füßen hat, schwankt sie kurz und Francesco greift nach ihrer Schulter.

»Geht's?«, fragt er und Oceana nickt.

»Ganz hinten rechts ist so'n kleines Büro mit Klo. Da müsste noch 'n Arbeitsoverall hängen. Und gestrickte Wollsocken von meiner *Nonna*, meiner Oma. Und Schuhe. Also Gummi-stiefel, was anderes haben wir glaub nicht hier ...«

»Alles klar«, murmelt Oceana.

Ihr ist alles egal und alles recht. Mit einem Mal fühlt sie sich so schwach und erschöpft wie noch nie. Um ehrlich zu sein, möchte sie eigentlich so schnell wie möglich nach Hause, aber vielleicht ist vorher umziehen doch keine so schlechte Idee.

»Jucks«, macht der Chihuahua in Francescos Arm und niest.

»Du tropfst übrigens«, ruft Francesco ihr hinterher und lacht. Und zwar mit einem so ansteckenden, fröhlichen La-chen, dass Oceana nicht anders kann, als ebenfalls zu grinsen.

»Na, das wüsste ich aber«, entgegnet sie und schließt die Bürotür hinter sich. »Oh nee, warte!« Oceana stürzt in die Werkstatt zurück, so schnell die nasse Jeans und die tonnen-schweren Sneaker es zulassen. »Mein Rucksack! Francesco, ich muss meinen Rucksack holen, ich hab den einfach ir-gendwohin geworfen. Aber da sind die Unterlagen drin! Das sind echt wichtige Unterlagen!« Oceanas Stimme überschlägt sich. »Die darf ich auf keinen Fall verlieren!«

Francesco bettet den Chihuahua auf ein ausgeblichenes Sofa und angelt ein Stück Malervlies vom Bug der schwarzen Gondel, die aufgebockt in der Werkstatt steht. Dann stopft er den Stoff um den Hund fest.

 76

»Keine Panik. Ich kümmere mich drum«, sagt er. »*Ponte Teatro Vecchio*, da irgendwo?«

Oceana nickt. Inzwischen zittert sie vor Kälte. »B-b-bei diesem Poller, w-w-wo so'n Teil fehlt …«

»Okay, ich weiß, wo du meinst.« Francesco nimmt den Schlüssel fürs Boot wieder vom Haken.

»Danke«, sagt Oceana.

»Du zitterst übrigens«, sagt Francesco im Gehen.

»Das w-w-wüste ich aber«, erwidert Oceana.

Als Oceana in einen viel zu großen Overall und einem karierten Küchenhandtuchturban wieder aus dem Büro kommt, legt Francesco gerade an. Er macht das Daumen-hoch-Zeichen. Oceana atmet erleichtert auf, setzt sich neben den schlafenden Hund aufs Sofa und zieht die Füße hoch.

»*Prego*«, sagt Francesco und stellt den Rucksack neben sie.

»*Grazie*, danke, das ist wirklich echt cool von dir«, sagt Oceana.

»Keine Ahnung, was man Leuten anbietet, die man gerade fast mit dem Boot überfahren hat, weil sie unerlaubterweise im Kanal tauchen gewesen sind, aber vielleicht könnte ich uns Tee machen?«, entgegnet er.

»Okay«, sagt Oceana und legt eine Hand auf den warmen Hunderücken. Er atmet ruhig. Nach einer Weile hört man den Wasserkocher piepsen.

»Wie viel Beutel macht man in so'n Becher?«, ruft Francesco aus dem Büro.

»Einen«, erwidert Oceana.

»Ah, hier sind sogar Zuckerwürfel. Willst du?«

»Jep«, ruft Oceana.

»Sind fünf genug?« Francesco kommt mit dem dampfenden Tee in die Werkstatt zurück. »Also wir haben noch, falls du brauchst«, sagt er und stellt zwei Becher auf einen umgedrehten Farbeimer.

»Fünf?« Oceana grinst. »Fünf Würfel sind … äh … super. Nach der Aktion kann ich Zucker gebrauchen.«

Francesco faltet sich auf die Armlehne des Sofas. »Wenn du genau hinsiehst«, sagt er und zeigt über seinen Kopf, »da ist ein gigantisch riesiges Fragezeichen, das dort herumschwebt.«

»Dann sind wir schon zu zweit«, antwortet Oceana. »Bei mir türmen die sich schon seit gestern Nacht.« Sie zeigt auf ihren Rucksack. »Stichwort Kopien.«

»Aha?«, sagt Francesco abwartend. »Und wieso traust du dich plötzlich zu schwimmen?«, fragt er, als Oceana nicht antwortet.

»Na ja«, sagt Oceana zögernd. In ihrem Kopf rasen die Gedanken durcheinander. Ob sie Francesco alles erzählen soll? Ja, warum eigentlich nicht? Sie muss mit jemandem reden, sonst dreht sie noch durch. »Na ja«, wiederholt sie. »Ich kann

nicht nur schwimmen, sondern auch …«, Oceana senkt die Stimme, »… unter Wasser atmen«, flüstert sie.

»Nee, is' klar«, erwidert Francesco und reicht ihr einen Becher. »Kann man den Beutel jetzt da einfach drin lassen? Trinkt man an ihm vorbei?«

Oceana prustet los. »Du hast noch nie Tee gemacht?«

»Nö«, sagt Francesco und lacht. Er nippt am Becher. »Boah, ist ja noch viel zu heiß! Ich wusste es doch, Teetrinken ist komplett anstrengend.«

Oceana muss noch mehr lachen. Sie pustet auf die dampfende Oberfläche.

»Ist echt so«, sagt sie leise.

»Was jetzt?«, fragt Francesco.

»Das mit dem Atmen«, erwidert Oceana kaum hörbar. »Willst du alles hören?«

Francesco reißt die Augen auf. »Also, jetzt machst du mir Angst.«

Oceana stellt den Teebecher ab und beginnt zu erzählen. Frei heraus und ohne Umschweife. Aber es fühlt sich irgendwie richtig an. Sie berichtet von dem geheimnisvollen Umschlag, von ihrem Misstrauen Pietro gegenüber, den Kontoauszügen und natürlich dem persönlichen Brief ihrer Mutter.

»Steht alles hier drin. Die ganzen Beweise.«

»Krass!«, sagt Francesco immer wieder, »krass, krass, krass.«

Als Oceana geendet hat, ist auch der Tee so weit abgekühlt,

dass die beiden ihn trinken können. Schweigend nippen sie an der heißen Flüssigkeit.

»Kann es sein, dass fünf Zuckerwürfel vielleicht ein bisschen viel waren?«, fragt Francesco.

Und darüber muss Oceana schon wieder so lachen, dass der kleine Hund vor Schreck aufspringt, sich einmal im Kreis dreht und wieder zusammenrollt.

»Und dieses Problem haben wir auch noch«, japst sie. Doch dann wird sie ernst. »Du, mir fällt grad auf, dass ich den Schwur gebrochen habe.«

»Welchen Schwur?«, fragt Francesco.

»Ach so, ja, Mama …«, Oceana muss schlucken, »… also Mama hat in dem Brief erklärt, dass man das mit dem Wasseratmen niemandem erzählen darf. Niemals!«, erklärt Oceana. Sie seufzt unglücklich. »Hab ich total verdrängt …«

Francesco winkt ab. »Mach dir darüber keine Gedanken. Dass du in den Kanal gefallen bist und beinahe ertrunken wärst, weil du ja wegen deiner Wasserphobie nicht schwimmen kannst und ich dich gerettet habe und zufällig auch noch den Hund, das erzähle ich doch keinem. Wär viel zu angeberisch. Und auch echt peinlich für dich. Lebt in Venedig, hasst Wasser und fällt in 'nen Kanal. Klingt fast wie ein Witz: Kennst du den schon …« Francesco grinst. Er steht auf und nimmt vorsichtig das schlafende Hündchen samt Filzdecke vom Sofa.

»Dann ist ja gut«, sagt Oceana erleichtert.

Überhaupt, mit Francesco zu reden, fühlt sich an, als würde sie ihn schon ewig kennen. Ganz leicht und unkompliziert. Außerdem hat der Zuckertee gutgetan, so dringend muss sie jetzt gar nicht mehr nach Hause …

»Komm, wir bringen Hundi zur Polizei. Oder soll ich dich zuerst heimbringen?«, fragt Francesco.

»Nee, schon okay.« Oceana schlüpft in die Gummistiefel. »Gut, dass die Socken zehn Nummern zu groß sind, sie gleichen die fünf Nummern von den Gummistiefeln aus.« Oceana macht einen Probeschritt. »Wenn ich schlurfe, geht's …«

Francesco schreibt seinem Bruder eine WhatsApp, verschließt die Werkstatt und hilft Oceana mit dem Hund an Bord. Unwillkürlich registriert sie ein erstaunliches Gefühl.

»Ich habe keine Angst«, spricht sie es laut aus.

»Toll«, sagt Francesco.

»Nee, ehrlich. Ich bin hier einfach so auf dem Wasser. In einem Boot!«, sagt sie. »Ich hatte ein bisschen Schiss, dass das alles wiederkommt. Dass ich mir das vielleicht doch nur eingebildet habe.«

»Doch, verstehe ich«, sagt Francesco und biegt in einen kleineren Kanal ab.

»Du kennst dich hier unten in den Kanälen genauso gut aus wie ich oben in den Gassen«, stellt Oceana fest.

Francesco nickt. »Ich bin schon mit dem Boot unterwegs

gewesen, da hätte ich es noch gar nicht gedurft. Mit 'ner Jacke von meinem Dad über der Schwimmweste, damit es nicht so auffiel.« Er legt einen Finger an die Lippen. »Lorenzo hat's erlaubt und meine Mutter hatte keine Ahnung! Wenn ich bei ihm war, bin ich stundenlang rumgeschippert. Hat mich zum Glück nie jemand von denen erwischt.« Francesco deutet auf ein Boot der Wasserpolizei, das ihnen gerade entgegenkommt.

»Ist jetzt schon das dritte, das ich sehe«, sagt Oceana. »Komisch, oder?«

»Und tierisch viele Touris heute, ist mir auch schon aufgefallen. Haben wir ein Fest oder so?«

Oceana schüttelt den Kopf. »Nicht, dass ich wüsste.« Durch den Fahrtwind sind ihre blauen Haare getrocknet und stehen in alle Richtungen vom Kopf ab. Auch ohne venezianisches Gewand haben sie schon einige Leute fotografiert. »Die denken bestimmt, das sei 'ne Perücke«, erklärt Oceana. »Und ich wäre verkleidet.« Bei der nächsten Brücke winkt sie und noch mehr Touristen halten ihre Handys hoch. »Ich lieb's, das ist so bescheuert, aber ich lieb's! Ich … ich hab auch Kostüme … und Masken … selbst gemacht. Ich … na ja … lauf damit durch die Stadt. So stellen sich die Leute Venedig ja vor und ich … erfüll ihnen so'n klitzekleinen Traum. Denk ich mir.«

»Wow, das find ich cool!«, sagt Francesco beeindruckt.

»Hat mich zum Glück auch noch keiner von denen erwischt«, meint Oceana genau wie Francesco eben und nickt in Richtung zweier *Carabinieri*, die an einer *Vaporetto*-Haltestelle stehen und ihren Blick aufmerksam über die Fahrgäste des Wasserbusses schweifen lassen.

»Chillt mal!«, ruft Francesco den Polizisten zu, gerade so laut, dass die es nicht hören können. Trotzdem ziehen Francesco und Oceana verschwörerisch die Schultern hoch und Francesco gibt etwas Gas.

Wenig später sind sie beim Anleger angekommen. Inzwischen ist das Hündchen munter geworden und blickt neugierig aus dem Stoffpaket.

»Na, gut geschlafen?«, fragt Oceana. »Ich glaub, ich weiß, was du geträumt hast … Jetzt bringen wir dich zur Polizei, damit du wieder zu deiner Mami oder zu deinem Papi kommst.«

»Junks«, macht das Hündchen.

»Ich nehme deinen Rucksack, ja?«, bietet Francesco an und ist schon in die Riemen geschlüpft.

»Und sag jetzt nicht, dass ich schlurfe«, meint Oceana, als sie ein paar Schritte gelaufen sind.

»Quatsch! Du schwebst wie eine Elfe«, erwidert Francesco und Oceana nickt.

»Genau das wollte ich hören.«

Doch wie sich herausstellt, ist die Station der *Polizia Locale* nicht besetzt. Ein Zettel hängt an der Tür, der Besucher infor-

miert, dass das Revier wegen Überlastung geschlossen und erst in zwei Stunden mit Öffnung zu rechnen sei.

»Hä?«, sagt Francesco. »Und wenn jetzt was Schlimmes wäre? Wenn man Hilfe bräuchte? Soll man den Zug nach Rom nehmen, oder was?«

Oceana zuckt ratlos mit den Achseln. »Ist ja doof jetzt … Kannst du mal googeln, wo hier 'ne Tierarztpraxis ist? Wir könnten ihn auch da abgeben. Also wenn ich meinen Hund verloren hätte, würde ich auch dort nachfragen.«

»Gute Idee!« Francesco zückt sein Handy. »Ja. *Dottoressa* Lugano, nur einhundertdreißig Meter von hier zu schlurfen.«

»Awww duuu!«, ruft Oceana lachend.

KAPITEL 8

»Wohow, wen haben wir denn da?« Die Tierärztin lächelt erfreut, als die drei die schmale Treppe zu ihrer Praxis heraufkommen und es kann sein, dass sie entweder die einarmige Oceana mit den blauen Explosionshaaren in quietschgelben Gummistiefeln und rotem Arbeitsoverall meint – oder den neuen Patienten.

»Das ist ... ähm, Hundi, den haben wir ... aus dem Kanal gerettet«, erklärt Oceana. »Aber die Polizei hat geschlossen und da dachten wir –«

»Ach Hundchen, dachtest wohl, du bist ein Goldfisch? Prima, ich freue mich heute über jeden Patienten. In der Stadt tummeln sich die Leute, aber den Tieren geht's gut. Also zum Glück ... ihr versteht schon.« *Dottoressa* Lugano nimmt den Hund auf den Arm und streichelt ihm sanft übers Köpfchen. »Du bist aber ein ganz besonders hübsches Hundi, jo-hohooo ...«

»Junks«, macht der Chihuahua und die Tierärztin schmilzt dahin.

»Und schau sich mal einer dein Halsband an. So viele Glitzersteinchen. Du funkelst ja, kleine *Principessa*. Bestimmt ist dein Frauchen auch so eine Geschmückte und ihr wolltet euch diese dumme Perle im *Grimani* ansehen, richtig?«, plappert sie. »Die Leute machen vielleicht einen Trubel deswegen, dabei bist doch du die süßeste Perle überhaupt!« Die Tierärztin gibt dem Hund ein Küsschen auf die Nase. Dann reicht sie den beiden einen Klemmblock. »Hier bitte eure Kontaktdaten aufschreiben, ich kümmere mich um alles Weitere. Und du kriegst jetzt einen kleinen Check-up. Vielleicht bist du ja sogar gechipt, dann hat dich deine Mami ratzfatz wieder. Schade eigentlich … Na ja … Winke, winke!« Die Tierärztin wackelt mit einem Pfötchen des Hundes und verschwindet mit ihm im Behandlungszimmer.

Oceana sieht Francesco an und flüstert: »Das nenn ich wirklich mal Liebe auf den ersten Blick. Nachher behält sie ihn noch …«

Als die beiden wieder vor dem Haus stehen, kommt Oceana auf das zurück, was die Tierärztin gesagt hat.

»Du, wegen der Perle, ich hab's nicht gecheckt. Meinte sie den *Palazzo Grimani?* Ist da 'ne Ausstellung oder so? Mein Onkel Pietro hatte bei der Renovierung dort einen Job, aber ich wusste nicht, dass die schon wieder eröffnen …«

»Jetzt wo du's sagst … Doch, es hängen schon megaviele Plakate rum, aber ich beachte die eigentlich nie … Steht immer irgendwie das Gleiche drauf: Galerie, Kunstausstellung,

Theater, Konzert von Dings, Premiere von Dongs … Gehen wir eh nie hin.«

»Aber welche Perle meinte die *Dottoressa*?« Oceana versenkt unschlüssig ihre Hand in der viel zu großen Hosentasche. »Komm, wir gucken mal nach einem Plakat.«

Sie müssen nicht lang suchen, denn schon allein auf dem Rückweg zum Steg entdecken sie drei Stück, die ihnen vorhin völlig entgangen sind. Darauf ist das *Museo di Palazzo Grimani* und ein mit einem weißen Tuch verhüllter Schaukasten abgebildet. Auf einer Art Schatzkarte ist die Skizze einer rosafarbenen, leicht herzförmigen Perle zu sehen.

»Nur für einen Tag! Zur feierlichen Wiedereröffnung nach umfangreichen Renovierungsmaßnahmen präsentiert das *Museo di Palazzo Grimani* eine Weltsensation«, liest Oceana laut vor. »Die kostbare Perle erstmals in einer Ausstellung: die *Perla di Pesca*. Für Besucher nur einen Tag zu besichtigen. Bitte beachten Sie unbedingt den Online-Kartenvorverkauf und unsere Flyer zur Geschichte der Pfirsich-Perle.«

»Ah, hier sind die Flyer«, sagt Francesco und zieht zwei aus dem ins Plakat integrierten Spender.

Francesco fächert sich mit den Broschüren Luft zu, als Oceana kreidebleich einen Schritt vom Plakat zurücktritt. In ihren Ohren rauscht es. Die Zeichnung der Perle hat ein derart intensives Gefühl von Verlust und Trauer ausgelöst, dass Oceana schlagartig sterbensschlecht geworden ist. Aber warum nur? Was hat sie nur mit dieser Perle? Oceana bekommt keinen klaren Gedanken zu fassen. Eine Perle, eine rosafarbene Perle …

Oceana fängt an, viel zu hektisch zu atmen. Erschrocken greift Francesco nach ihrem Arm. Doch es ist der leere Ärmel, also schlingt er seinen Arm fest um ihre Taille. Oceana wankt leicht.

»Hey, was ist los? Kippst du gleich um? Willst du dich mal hinsetzen?«, fragt er besorgt.

Doch Oceana starrt weiter auf die Zeichnung. Francesco rüttelt sie leicht.

»Was?« Oceana sieht Francesco an, als sei sie aus einem Traum erwacht. »Was ist?«

Francesco lässt Oceana zögerlich los. »Du warst irgendwie weggetreten und dein Gesicht war ganz grau.«

»Echt?«, murmelt Oceana.

»Also als Schülersanitäter empfehle ich ganz klar: hinsetzen und was essen, okay? Komm, wir gehen zum Steg. Ich hätte dir vorhin schon was geben müssen, ich Superprofi!«

Oceana folgt Francesco gedankenverloren.

»Schööön hinsetzen«, befiehlt er, als sie angekommen sind. »Ich hol uns was, bin gleich wieder da.« Francesco stellt den Rucksack ab und flitzt los. Nach wenigen Sekunden ist er zurück. »Sorry, ich hab gar kein Geld dabei, könntest du mir vielleicht was leihen?«

Wortlos zieht Oceana einen hellblauen Kindergeldbeutel in Delfinform aus dem Rucksack. »Nicht verlieren, der ist von meiner Mutter«, murmelt sie und Francesco nickt.

»Versprochen«, sagt er und ist schon wieder verschwunden.

Während Francesco weg ist, versucht Oceana sich zu sammeln. Dass sie die ganze Zeit die Zehen zusammenkneifen muss, damit die Gummistiefel nicht in den Kanal fallen, hilft ein wenig dabei, wieder in der Realität anzukommen.

»Oh Mann«, murmelt sie. »Wer sitzt hier ganz nah am Wasser? ICH! Wer hat sogar die Füße über dem Steg hängen? ICH! Wer hat nach einem Hund GETAUCHT? Im KANAL? IIIICH!!!« Oceana schüttelt ungläubig den Kopf. In ihrem Gesicht setzt sich ein breites Grinsen fest. »Ich bin jetzt mal so richtig doll stolz auf mich«, sagt sie und schlingt den Arm um sich.

»Da bin ich wieder«, meldet sich Francesco zurück. »Ah, dir geht es besser«, sagt er beruhigt, als er Oceanas strahlendes Gesicht sieht. Er stellt eine Pizzaschachtel zwischen sie, aus der es verführerisch duftet und gibt Oceana den Geldbeutel zurück.

»Hat ein bisschen länger gedauert, aber ich war bei Antonio hinter der Kapelle, kennst du den?« Er tippt sich an die Stirn. »Ich zahl ja nicht die bekloppten Touri-Preise.« Francesco öffnet die Schachtel. »Hab sicherheitshalber 'ne vegetarische

genommen. Oh Mann, er hat 'nen halben Eimer Gemüse draufgekippt. Und dreifach Käse …«

Der geschmolzene Mozzarella zieht lange Fäden, als die beiden sich ein Stück aus der Schachtel nehmen.

»Mega«, sagt Oceana. »Die beste Pizza in Venedig. Danke«, schwärmt sie nach ein paar Bissen. »Ich glaube, ich hatte noch nie so einen Hunger. Du hättest Katzenbaby- und Hundewelpen-Pizza bringen können, die hätte ich auch gegessen.«

Die beiden sehen sich lachend an. »Nein, Quatsch!«, rufen sie gleichzeitig.

»Was war denn vorhin los?«, hakt Francesco nach.

»Ich weiß auch nicht, ich hoffe bloß, du brauchst mich das heute nicht noch zum dritten Mal fragen. Allmählich reicht's mir nämlich mit allem. Ich glaube, mich erinnert diese Perle an etwas sehr, sehr Wichtiges, aber ich komm nicht dran im Kopf, verstehst du? Es ist, als ob sie mir etwas sagen will.«

Ein leichtes Jucken im rechten Unterarm meldet sich und Oceana reibt sachte darüber. Francesco beobachtet die Szene wortlos und mit großen Augen.

»Ja …«, sagt er, als Oceana mit dem Kratzen fertig ist, »also von meiner *Nonna* weiß ich, dass Perlen einem immer etwas sagen wollen«, antwortet Francesco.

Oceana sieht ihn zweifelnd an. »Machst du dich über mich lustig?«, fragt sie und angelt sich ein weiteres Stück Pizza aus dem Karton.

»Nein!«, ruft Francesco. »Ganz ehrlich, meine Großmutter hatte viel Perlenschmuck. Den durfte ich, als ich noch klein war, immer anprobieren. Ich weiß noch ganz genau, wie kühl sich die Perlen angefühlt haben und dass sie beim Tragen dann warm wurden. Und sie kannte tolle Geschichten von Perlentaucherinnen und Schätzen und so – und natürlich wusste sie die Herkunft aller ihrer Perlenketten. Also wo sie gewachsen sind, ob es Zuchtperlen oder Naturperlen waren und –«

»Stopp mal bitte kurz … Wo sind eigentlich die Flyer?«, unterbricht ihn Oceana und Francesco zieht sie aus der Hosentasche.

»Herkunft, Herkunft«, murmelt Oceana und faltet einen der Zettel auseinander. »Hier steht es: Sie zeigt im Licht einen leichten rosafarbenen Schimmer und weist die für Pfirsiche typische Einkerbung auf, was ihr den Namen *Perla di Pesca* eingebracht hat. Zunächst befand sich das Schmuckstück über mehrere Jahre im Privatbesitz einer unbekannten Person, die diese beim Tauchen gefunden hatte. Da es sich um die größte bis dato gefundene Salzwasserperle handelt, belief sich die damalige Schätzung entsprechend auf zehn Millionen Euro.«

»Zehn Millionen?!«, japsen Francesco und Oceana.

»Das ist doch verrückt.« Francesco tippt sich an die Stirn. »Willst du das letzte Stück haben?«

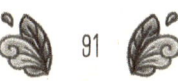

Oceana schüttelt den Kopf und liest weiter. »Wie bekannt wurde, verschwand die Perle mit der kronenförmigen Einfassung aus dem Besitz der Privatperson und galt mehrere Jahre als verschollen. Auf nicht geklärtem Wege gelangte sie vor Kurzem in die Hände eines Schweizer Sammlers, der die *Perla di Pesca* nun zum ersten Mal der Öffentlichkeit zur Verfügung stellt. Nach ihrer Schau in Venedig wird die Pfirsich-Perle noch in weiteren fünf europäischen Museen ausgestellt werden, bis sie wieder zu ihrem Besitzer zurückkehrt. Verpassen Sie also nicht die Gelegenheit, dieses wunderschöne Einzelstück einmal im Leben zu betrachten. Sie werden von seiner besonderen Ausstrahlung fasziniert sein. Lassen Sie sich die Geschichte der Pfirsich-Perle in der eindrucksvollen, historischen Aura des *Palazzo Grimani* erzählen.«

»Amen«, kommentiert Francesco und Oceana knufft ihn in die Seite.

»Was wolltest du vorhin von deiner *Nonna* erzählen?«, nimmt Oceana Francescos Bericht wieder auf.

»Ach so … Na ja, eigentlich hatte ich alles gesagt … Obwohl …« Francesco wirkt plötzlich verlegen. »Keine Ahnung, ob ich dich darum bitten kann …«

»Jetzt sag schon, ist ja nicht so, dass ich dir keinen Gefallen schulde, schließlich hast du mir den ersten Tee deines Lebens gekocht.« Francesco grinst. »Und?«, lässt Oceana nicht locker.

»Meine *Nonna* …« Francesco räuspert sich. »Sie ist gestorben, vor ein paar Wochen und …«

»Oh nein, das tut mir total leid!«, japst Oceana.

»Danke«, sagt Francesco. »Jedenfalls ist mir was Saudummes passiert und ich hab ein schlechtes Gewissen deswegen.«

»Okay?«, sagt Oceana.

»Ich hab ja schon erzählt, dass sie ihre Perlenketten geliebt hat, das war ihre große Leidenschaft, weißt du? Und eines Tages sollte ich eine ihrer Ketten zum Juwelier bringen, damit er die Perlen neu aufknüpft. Echte Perlenketten werden nicht gefädelt, sondern geknüpft. Also vor und hinter jeder Perle wird ein Knoten gemacht. So können sie nicht aneinanderreiben und wenn die Kette reißt, gehen nicht alle Perlen verloren. Der Faden war jedenfalls schon ziemlich alt und sollte erneuert werden.«

Oceana nickt beeindruckt. »Wow, das wusste ich nicht. Du kennst dich echt gut aus.«

»Ja, und als ich sie wieder abholen wollte, ist sie mir auf dem Rückweg ins Wasser gefallen.«

»Nein!«, keucht Oceana. »Warum das denn?«

Francesco lässt unglücklich die Schultern hängen. »Weil ich doof war. Sie lag in einem roten Samtsäckchen, das hab ich auf die Ruderplanke gelegt und wollte nur kurz wenden und es mir dann in die Tasche stecken, als mir so'n bescheuerter Stand-up-Paddler entgegengerauscht kam. Man hört die

 93

Dumpfbacken ja nicht kommen und der Typ hatte auch noch Kopfhörer auf und hat deswegen mein Rufen nicht gehört. Da hat's fast gekracht, den Typ haut's vom Board, er macht Wellen wie blöd, das Paddel trifft mich hier«, Francesco reibt sich über den Hinterkopf, »mein Boot kentert fast und zack, war die Kette auf Tauchgang.«

»Oh …«, macht Oceana bestürzt. »Und deine *Nonna?* Wie hast du es ihr beigebracht?«

»Gar nicht«, antwortet Francesco zerknirscht. »Ich konnte es einfach nicht. Es war ihr Lieblingsstück. Ich kannte sie fast nur mit dieser. Sie sagte immer: Perlen muss man tragen, damit sie ihren Glanz behalten. Oh Mann, ich konnte es einfach nicht. Ich hab ihr gesagt, dass die Kette immer noch nicht fertig ist, weil der Spezialfaden aus Mailand aus Versehen nicht geliefert wurde.« Francesco holt Luft. »Und dann ist sie gestorben. Ohne ihre Lieblingskette. Das macht mich so traurig.«

Oceana streicht mit der Hand über Francescos Rücken. »Du Armer!«, sagt sie. »Und du meinst, wenn ich zuuufällig noch mal ins Wasser fallen würde, könnte ich bei der Gelegenheit mal die Augen nach dem Beutelchen offen halten?«

»Ginge das?«, murmelt Francesco.

Statt einer Antwort lässt Oceana ihren Blick über den *Canale Grande* schweifen. In der Ferne sieht man die *Rialto-Brücke.* Auf dem Wasser herrscht emsiges Gewusel aus Wassertaxis,

Vaporetti, Lieferbooten und Gondeln, zu Land flanieren die Leute dicht gedrängt an den Geschäften und Andenkenläden vorbei. Die Sonne scheint und taucht Venedig in seine bunt verschwommenen Sommerfarben. Oceana lässt sich auf den Rücken sinken. Die Steine sind angenehm warm. Da fallen ihr die Stiefel von den Füßen, füllen sich mit Wasser und gehen unter.

»Äääähhhmmm …«, macht Francesco.

»Oh nee, tut mir leid, ich hab nur für eine Sekunde meine Zehen entspannt. Ich kauf deinem Bruder neue, versprochen.« Dann legt sie den Arm über die Augen. »Hörst du das? So klingt Venedig.«

Auch Francesco lässt sich auf den Rücken sinken und schließt die Augen. »Du hast recht. Und jetzt riech mal …«

Oceana nimmt einen tiefen Atemzug. »Ich rieche das Wasser der Lagune …«, beginnt sie mit der Aufzählung.

»Ha!«, ruft Francesco. »Da fällt mir ein Spruch aus der Grundschule ein, habt ihr den auch gelernt?«

»Logisch«, sagt Oceana.

»*Adige, Piave, Brenta* und *Adria*, bilden das Wasser von *Venezia*!«, schmettern sie und lachen.

Dann liegen sie still nebeneinander.

»Zu deiner Frage vorhin …«, sagt Oceana nach einer Weile. »Wegen der Kette deiner *Nonna* … Ich werde sie finden.«

»Danke«, sagt Francesco.

Als eine Wolke vor die Sonne zieht, setzen sich die beiden auf.

»Sag mal …« Francesco dreht sich zu Oceana und sieht sie ernst an. »Jetzt, wo du weißt, dass du die Einzige unter acht Milliarden Menschen auf der Erde bist, die etwas kann, was alle anderen nicht können, wie fühlt sich das an?«

Oceana zieht die Beine an den Körper. Für einen kurzen Moment erwägt sie, Francesco zu erzählen, dass sie auch mit Sporco, Marco und Polo sprechen kann.

Doch dann entscheidet sie sich dagegen. Ein kleines Geheimnis kann man ruhig für sich behalten. Sie weiß ja selbst nicht, weshalb das funktioniert. Nachdenklich linst sie zu Francesco hinauf.

»Ganz ehrlich? Ich … ich … find's irgendwie … grad das absolut Unvorstellbarste, Magischste, Coolste, Spannendste, Verrückteste und noch viel mehr, was mir je passiert ist. Oder?«

»Ja, auf alle Fälle!«, erwidert Francesco. »Und dass ich das miterleben darf, ist das absolut Unvorstellbarste, Magischste … was kam dann?«

»Hammermäßigste!«, sagt Oceana kichernd. »Du, Francesco, könntest du mich jetzt bitte nach Hause fahren? Ich kann auch laufen, aber es wär schade um die schönen Socken von deiner *Nonna*.« Oceana wackelt mit den Zehen.

»Klar fahr ich dich!«, ruft Francesco und springt auf. »Ist

doch logisch. Die Socken kannst du behalten, Lorenzo zieht die eh nie an.«

»Echt?«, fragt Oceana. »Wow, danke, die sind so schön! Ich hab immer kalte Füße. Und gestrickt hat auch noch nie jemand was für mich.«

Den Heimweg verbringen die beiden schweigend. Während das Bötchen durch die Kanäle tuckert, die teilweise so schmal sind, dass man die Hauswände mit ausgestreckten Armen berühren könnte, falls man zwei hat, beobachtet Oceana Francesco beim Steuern. Er manövriert ruhig und gelassen und Oceana fühlt sich so selbstverständlich wohl auf dem Wasser, als wäre es nie anders gewesen.

»Guck mal, die ist süß.« Francesco deutet auf eine gescheckte Katze, die auf einem Fensterbrett sitzt und träge mit dem Blick die Boote verfolgt, die unter ihr vorbeigleiten. »Die Dreifarbigen bringen Glück!«

»Okay«, murmelt sie lächelnd. »Hauptsache, sie fällt nicht rein.«

»Hab ich eigentlich deine Handynummer?«, fragt Francesco, als sie vor Oceanas Haus angekommen sind.

»Ich geb sie dir«, sagt Oceana und klettert von Bord. Sie holt das Handy aus dem Rucksack und diktiert Francesco ihre Nummer.

»Weißt du, als was ich dich eingespeichert habe?« Francesco hält Oceana das Display hin.

»Wasserträumerin?«, liest Oceana.

»Hat irgendwie gepasst, ist mir spontan eingefallen«, antwortet Francesco.

»Okay, warte, dann bist du bei mir …« Oceana tippt.

»Skipper!« Francesco lacht. »Wu-huuu, als wären wir Undercover.«

»Irgendwie sind wir das ja auch, oder?« Oceana wirft sich den Rucksack über, als Francescos Handy klingelt.

»Ja, ja, jaaa-haaa, Bruuuder, chill mal!«, ruft er beschwichtigend, als er aufs Display gesehen hat und rollt mit den Augen. »Ich bin doch schon unterwegs! Also *ciao*, ich muss dann mal …«

»Kriegst du jetzt Ärger?«, fragt Oceana.

»Nee, keine Sorge«, erwidert Francesco und Oceana huscht auf leisen Stricksohlen ins Haus.

KAPITEL 9

Nachdem Oceana kontrolliert hat, dass sie allein ist, verschließt sie die Haustür von innen und lässt den Schlüssel stecken. So entgeht ihr auf keinen Fall, wenn Onkel Pietro heimkommt. Dann holt sie die Originale aus dem Rucksack und bringt sie in den Keller zurück. Mit dem Handylicht findet sie auch die Taschenlampe wieder, die unter eines der Regale gerollt ist.

»Und jetzt unter die Dusche! Wahrscheinlich entdecke ich noch 'nen toten Fisch in den Haaren ...« Oceana zieht den Haustürschlüssel ab und verschwindet ins Bad.

Als Pietro später nach Hause kommt, versucht Oceana ihm so gut es geht aus dem Weg zu gehen. Sie hatte noch nicht genug Zeit, sich darüber klar zu werden, ob er der weltgrößte Vormundschafts-Betrüger ist, der seiner Stieftochter das Vermögen stehlen will, oder ob er einfach nur irgendwie krampfhaft alles verdrängt, was mit ihrer Mutter zu tun hat. Während Oceana sich einen Teller mit Broten fürs Abendessen zurechtmacht, setzt sich Pietro vor den Fernseher.

Brütend starrt er auf den Bildschirm, doch sein Fuß wippt

unermüdlich nervös auf und ab. Das Fußballspiel ist auf lautlos gestellt. Oceana steht mit dem Teller in der Hand im Türrahmen und weiß für einen kurzen Moment nicht, wie sie sich verhalten soll. Irgendwas ist los und es fühlt sich nicht richtig an, einfach in ihr Zimmer zu gehen, ohne etwas zu sagen.

Oceana räuspert sich. »Übermorgen ist Wiedereröffnung im *Grimani*. Bist du froh, dass du mit der Arbeit im Palazzo fertig bist?«

Pietro fährt sich durch die Haare. »Schon …«, sagt er unbestimmt.

»Gut. Super …«, antwortet Oceana. »Ich geh dann ins Bett …«

»Alles klar. *Buona notte, kleine Motte*«, antwortet Pietro.

Überrascht murmelt Oceana einen Gruß zurück und geht in ihr Zimmer. Warum muss Pietro sie ausgerechnet heute so nennen, wo sie derart unsicher ist, ob sie ihm überhaupt je wieder vertrauen kann?

Seufzend krabbelt Oceana ins Bett und stellt den Teller neben sich ab. Sofort kommt Sporco angewuselt.

»Jamm, jamm, jamm«, schmatzt er.

»Stopp, nimm deine Schnauze aus meinem Essen. Hier …« Oceana angelt einen Untersetzer vom Nachttisch, »ich tu dir was drauf … Guten Appetit. Ach, und jetzt guck mal, als hätten sie es gehört …« Oceana rappelt sich auf und öffnet den

Tauben das Fenster. »Leute, Sporco hat schon recht. Man sollte meinen, ihr findet genug Leckereien auf der Straße«, sagt sie und reicht ihnen ein Stückchen Brot.

Die beiden flattern damit in ihre Lieblingsnische. Ein mit losen Ziegelsteinen zugestelltes Fensterchen hoch oben an der Rückwand ihres Zimmers, das vor dem Verschließen der Gasse zum Speicher des *Palazzo Grimani* gehört hat.

»Gibt's was Neues wegen der Entführung der Kerle?«, fragt Oceana.

Marco plustert sich auf und nickt. »Millionen Kerle«, gurrt er.

»Aha«, sagt Oceana und isst eine halbe Tomate.

Polo nutzt die Gelegenheit, das Brot an sich zu ziehen und stellt ihren Fuß drauf. »Ganz großes Ding«, gurrt sie und ergänzt: »Uuund Maria aus der *Calle del Campanile* ist niiicht mehr, nicht mehr, mit Antonio vom Buchladen zusammen.«

»Gar nicht mehr, nix mehr, kein Antonio«, ergänzt Marco und kuschelt sich an seine Gefährtin.

Dann gurren die beiden verliebt und picken am Brot.

»Na dann …«, sagt Oceana grinsend, mampft sich durch die Brote und vertieft sich dabei in die Kopien. Beim entspannten Lesen wirken die Informationen noch mal ganz anders. Oceana hat das Gefühl, als sei die Wahrheit über ihre Mutter eine Art Puzzle, zu dem sie jetzt endlich die ersten Teile gefunden hat. Und vor allem ist da plötzlich diese herz-

wärmende Nähe, weil ihre Mutter durch den Brief direkt zu ihr gesprochen hat. Doch der aufregende Nachmittag fordert bald seinen Tribut. Oceana hängt die Müdigkeit wie ein tonnenschweres Gewicht am Körper. Sie gähnt, stellt den Teller auf den Boden und knipst das Licht aus.

»Mama? Hörst du mich? Ich bin geschwommen«, flüstert sie in die Dunkelheit. »Und ich konnte unter Wasser atmen. Ich bin jetzt wie du, Mama.«

Doch die Träne, die ihr über die Nase rollt und aufs Kissen tropft, spürt Oceana schon gar nicht mehr.

Oceanas Schlaf ist unruhig, fiebrig und angsterfüllt. All die vielen Informationen versuchen in ihrem Kopf Anschluss zu finden, sich logisch zu verknüpfen. Immer wieder schießen quälende Bilder aus dem immer gleichen Albtraum durch Oceanas unzusammenhängende Träume: zerberstende Felsbrocken, schaumige, sanderfüllte Wellen, die wie Schmirgelpapier ihren Körper aufschürfen. Und wieder dieser Schmerz im Arm. Oceanas Atem geht stoßweise, sie wimmert. Da hört sie eine Stimme.

»Komm, ich zeig dir die Seeigel«, ruft ihre Mutter, so klar und deutlich, als stünde sie direkt neben ihr. Oceana sieht, wie die Hände ihrer Mutter zu der großen Perle an ihrem Hals fliegen, um den Verschluss der Kette wieder in den Nacken zu befördern, bevor sie Oceana mit ins Meer zieht.

Perle. Perle? Welche Perle? Ist der Anhänger an der Kette eine Perle? Ist das etwa dieser komische Knubbel, der Oceana immer an einen gekauten rosa Hubba-Bubba-Kaugummi erinnert hat? Mama hält die rosa Perle fest … die Perle mit der Delle … die Perle …

Da geschieht es erneut. Oceanas Bett vibriert und ein dunkles Wummern grollt durch das schmale Zimmer.

Oceana erwacht mit einem kehligen Schrei.

»Es ist Mamas Perle!«, keucht sie. »Die Pfirsich-Perle! Sie sieht genauso aus!«

Verschreckt flattern die Tauben von ihrem Schlafplatz auf und fliegen Hals über Kopf Richtung Fenster. »Die Kerle, die Millionen Kerle, jetzt schon?«, gurren sie aufgeregt und Oceana kann es gerade noch rechtzeitig öffnen.

»Gott, das war knapp, Leute!«, japst sie vor Schreck.

»Wschrmm?«, nuschelt Sporco, der sich zwischen Matratze und Teddybär gekuschelt hat.

»Nix, psch, psch, schlaf weiter …«, flüstert sie, knipst das Licht an und sucht im Rucksack nach dem Flyer. Mit zitternden Fingern klappt Oceana die Seiten auseinander, während das Wummern in ein kopfschmerzverursachendes Knirschen übergegangen ist.

»Ja!«, ruft sie mit unterdrückter Stimme. »Ja, genau so sah sie aus. Aber wie und wo …? Der Brief vom Anwalt!« Oceana blättert durch die Kopien. »Hier: … *dass die von Ihnen als ver-*

misst angegebene Halskette aus dem Fall _Aktenzeichen 20/957_ nicht gefunden werden konnte … Sie konnte nicht gefunden werden! Sie ist mit Mama im Meer …« Oceana schließt kurz die Augen. »Und in dem Flyer steht: … _verschwand die Perle mit der kronenförmigen Einfassung aus dem Besitz der Privatperson und galt mehrere Jahre als verschollen. Auf nicht geklärtem Wege gelangte sie in die Hände eines Schweizer Sammlers, der die Perla di Pesca der Öffentlichkeit nun zum ersten Mal zur Verfügung stellt …_ Oh mein Gott! Jemand muss sie gefunden und diesem Sammler verkauft haben …«

Oceana greift nach dem Handy.

Bist du noch wach?, tippt sie und schickt die Nachricht an Francesco. Der Wecker auf dem Nachttisch zeigt 2:17. Oceana nagt ungeduldig am Daumennagel.

Logisch, kommt nach wenigen Augenblicken Francescos Antwort.

Oceana seufzt erleichtert auf. _Ich muss hier raus!_, antwortet sie. _Mein Zimmer bebt seit zwei Tagen immer nachts. Und die Perle aus dem Museum ist die von meiner Mama, es ist mir jetzt endlich klar geworden. Ich brauch Ablenkung, ich geh nach deiner Kette tauchen._

Oceana geht zur Kommode. »Keine Ahnung, was man anzieht, wenn man nachts in der Lagune schwimmen geht, VERBOTENERWEISE, aber da ich keinen Badeanzug hab, muss es der hier tun …« Oceana fischt einen Turnanzug aus der Schublade, der letztes Jahr für irgendeinen schulinternen Geräteturn-Wettkampf verpflichtend war und quetscht sich hinein.

»Vielleicht dehnt er sich ja noch im Wasser«, murmelt Oceana, weil er überall zwickt, da er zu klein ist. Dann holt sie mit der Stange ihren Arm herunter und betrachtet ihn nachdenklich. »Soll ich überhaupt?« Oceana denkt an ihren Tauchgang zurück. Um ehrlich zu sein, kann sie sich an kaum etwas erinnern. Empfand sie das Wasser als kalt? War sie in Dysbalance beim Schwimmen wegen des fehlenden Körperteils? Hat es sie überhaupt gestört, komplett angezogen zu sein? »Boah, ich hab keinen Schimmer. Als wäre es nicht passiert! Nee, das halte ich in dem Ding nicht aus …« Oceana wurschtelt sich ächzend wieder aus dem Gymnastikanzug und schlüpft in T-Shirt und Leggins. »Ah, viel besser.« Dann entscheidet sie sich gegen den Arm. »Vielleicht verträgst du kein Wasser und *Dottore* Colombo killt mich, wenn ich das nächste Mal mit 'ner rostigen Prothese ankomme.«

Sie zieht einen übergroßen Hoodie an, den sie Pietro vor Kurzem gemopst hat und steigt in ihre Boots. Dann rafft sie die Unterlagen zusammen, schiebt sie tief unters Bett und sieht aufs Handy.

»Neun Nachrichten, echt jetzt? Ups, ich hab das Handy ja auf lautlos …«

Skipper: *Waaas? Dein Zimmer bebt?*

Skipper: *Hallo?!*

Skipper: *Ist alles okay?*

Skipper: *He, kannst du mal was sagen?*

Skipper: *Nein, geh nicht tauchen, bist du irre! In der Nacht!!! Und überhaupt!!!!!!!!!!!*

Skipper: *Welche Perle? Die Apfelsinendingens aus dem Museo? Gehört deiner Mama???*

Skipper: *Hallo!!!!!!!!!!!!!!!!!!!!!!!!!!???*

Skipper: *Wenn du nix sagst, fahr ich los!*

Skipper: *Okay, ich bin in fünf Minuten da.*

»Ernsthaft?!«, flüstert Oceana. Und noch bevor sie beschlossen hat, was sie antworten soll, klackert etwas an die Fensterscheibe.

Oceana öffnet das Fenster und etwas fliegt ihr mit Schwung entgegen.

»Ist nur Reis!«, ruft Francesco so leise wie möglich und Oceana schüttelt sich die Körner aus den Haaren. »Dein Haus brummt übrigens. Habt ihr Handwerker da?«

»Ach nee«, flüstert sie. »Sag ich doch, hier wackelt's. Und du hast an Reis gedacht, bevor du losgefahren bist? Ich fasse es nicht. Was machst du hier?«

»Dich davon abhalten zu ersaufen«, erwidert Francesco ungerührt.

»Du weißt doch –«, fängt Oceana an.

»Ich weiß gar nix, nur dass ich mir vorkomme wie in 'nem Film.«

»Nicht so laut!«, zischt Oceana. »Ich komm runter.«

Sie schließt das Fenster, deckt Sporco mit dem Turnanzug zu und huscht aus dem Zimmer. Im Wohnzimmer flimmert immer noch der Fernseher. Man spürt das Vibrieren auch hier, doch Pietro liegt selig schnarchend auf dem Sofa und Oceana schleicht an ihm vorbei zur Haustür.

»Du willst das jetzt nicht wirklich tun?«, sagt Francesco statt einer Begrüßung und zeigt auf den Kanal.

»He«, verteidigt sich Oceana. »Ich hab nicht gesagt, dass du mitkommen sollst. Ich finde die Kette auch so, du hast mir die Stelle ja beschrieben. Und sorry, dass ich nicht schlafen kann im einzigen Haus von Venedig, in dem zurzeit nachts die Wände wackeln. Wahrscheinlich spukt's bei uns. Weißt du, seit ein paar Tagen hab ich so 'ne ganze Problem-Liste von hier bis Mailand, da hake ich im Moment eine Katastrophe nach der anderen ab. Das Privaterdbeben ist auch irgendwann noch dran«, pampt sie aufgebrachter als gewollt zurück.

107

Francesco steigt ins Boot. »Ich hab mir doch nur Sorgen gemacht«, sagt er leise. »Aber du hast recht, mach, was du willst, ich bin ja nicht dein Vater.«

»Nee, der steht übrigens ganz oben auf meiner Problem-Liste, weil ich grad nicht mehr weiß, ob ich ihn lieben oder hassen soll!«

»Oha«, sagt Francesco betroffen.

Oceana winkt ab. »Tut mir leid, ich bin grad ein bisschen fertig … Außerdem ist er ja eh nicht mein Vater, sondern mein Onkel. Sozusagen … Bist du einfach so von zu Hause abgehauen? Das kannst du doch nicht bringen, deine Mutter wird durchdrehen, wenn sie merkt, dass du verschwunden bist!«

»Ja, das stimmt. Hätte ich auch wirklich nicht gemacht, aber freitags bin ich immer bei Lorenzo und übernachte auch bei ihm. Und na ja, er sagt immer: Anders als Mama hab *ich* hinten keine Augen …«

Oceana grinst. »Dann bringe ich dir jetzt deine Kette zurück. Und du passt auf, dass ich nicht ersaufe …« Sie malt ein Anführungszeichen in die Luft. »Denk sie dir doppelt«, setzt sie hinzu und klettert ebenfalls ins Boot.

»Ähm, noch mal wegen des Gehämmers«, fängt Francesco an. »Da stimmt doch was nicht. Guck mal, hier am Anleger, das Wasser ist ganz aufgewühlt. Die müssen euch doch informieren, wenn sie am Kanal bauen. Und warum mitten in der Nacht?«

»Ich. Weiß. Es. Nicht«, sagt Oceana und betont jedes Wort. »Sind vielleicht noch Restarbeiten für den Palazzo. Übermorgen ist ja Eröffnung mit dieser ... *Maledetto!* Die Perle!«

Francesco sieht Oceana immer wieder abwartend an, während er das Boot durch die dunklen Kanäle von Venedig steuert. Nur die kleinen, altmodischen Außen-Laternen werfen ihren trüben Schein auf das nachtschwarze Wasser. Jedes Geräusch wird von den engen Häuserschluchten verschluckt. Eine kühle Feuchtigkeit hängt in ihnen und Oceana schlägt die Kapuze über den Kopf. Lautlos stakt Francesco mit dem Teleskop-Stab durch den Kanal, den er immer verwendet, wenn er keine Geräusche verursachen will.

»Also es ist so ...«, sagt Oceana irgendwann. »Ich schrieb dir ja, dass ich glaube, dass diese Pfirsich-Perle meiner Mutter gehörte. Ich hab sie genau vor Augen, sie trug sie ständig und in meinem Traum vorhin sah ich sie ganz deutlich an ihrem Hals. Bloß hat sie mich damals nicht an einen Pfirsich erinnert, sondern an einen Kaugummi, dem man vor dem Ausspucken mit der Zunge noch so 'ne runde Form gibt, weißt du?«

»Stimmt«, sagt Francesco, »das kommt hin. Du warst ja auch noch ganz klein.« Francesco lenkt das Boot an eine Hauswand und hält sich an einem Fensterladen fest.

KAPITEL 10

»Hier wär jetzt die Stelle, wo wir kollidiert sind«, wispert er.

»Alles klar«, flüstert Oceana. »Bin mal gespannt, ob ich bei der Dunkelheit überhaupt was sehen kann. Sonst muss ich mir 'ne Stirnlampe besorgen.«

»Willst du's nicht doch lassen?«, fragt Francesco unsicher. »War eine saudumme Idee von mir, dich das zu bitten. Gefährlich und komplett verboten. Wenn wir erwischt werden, wandern wir bestimmt in den Knast.«

Oceana sieht sich um. »Ist doch niemand da«, flüstert sie. »Und ich bleib einfach unter Wasser, wenn sich ein anderes Boot nähert.«

»Aber mich hast du auch nicht gesehen«, protestiert Francesco. »Und da war es taghell! Ich hab kein gutes Gefühl dabei ...«

Das Wasser des Kanals gluckt und schwappt einladend. Oceana schlüpft aus den Stiefeln und hält die Hand ins Wasser. Sofort ist sie nicht mehr zu sehen. Oceana schüttelt un-

 110

gläubig den Kopf. Und seltsamerweise kann sie auch die Temperatur nicht fühlen. Das Wasser wirkt nicht mal nass! Erstaunt zieht Oceana ihre Hand zurück.

»Das Wasser fühlt sich gar nicht wie Wasser an. Nicht nass. Also da ist kein Unterschied zu Luft. Und hast du das gesehen, meine Hand wurde … wasserfarbig. Ich kann sie selbst nicht mehr sehen. Guck …« Oceana taucht halb die Finger ein und sie sind augenblicklich so gut wie unsichtbar.

»Wahnsinn«, flüstert Francesco. »Das ist so irre! ZU irre! Komm, wir fahren zurück. He, sollen wir uns die Perle angucken gehen?«, versucht er Oceana abzulenken. »Ich reservier uns online Karten. Dann kannst du sie in echt sehen.«

»Ist das Wasser kalt oder warm?«, fragt Oceana statt einer Antwort.

»Arschkalt«, antwortet Francesco.

Oceana lächelt verträumt. Das Gefühl der Gewissheit, gleich von einem Lebensraum in den anderen zu wechseln, ohne einen Unterschied zu fühlen, ist einfach überwältigend.

Stattdessen steht sie unvermittelt auf und klettert vom Boot auf einen Vorsprung an der Hauswand. Ölig schimmern die fahlen Lichter der Laternen auf der Wasseroberfläche. Oceana fühlt sich sicher und ruhig. Sie geht in die Knie, streckt den Arm aus und stößt sich ab. Fast lautlos schlägt das Wasser über ihr zusammen und sie ist verschwunden.

»Sei wenigstens vorsichtig!«, seufzt Francesco leise.

Anders als beim ersten Mal erlebt Oceana den Tauchgang jetzt bewusst und in allen Einzelheiten.

Als Erstes registriert sie, dass sie wirklich und tatsächlich auf dem Grund des Kanals steht. Ihre nackten Füße versinken im glitschigen Schlamm, was sich weich und eklig zugleich anfühlt.

»Nie wieder ohne Schuhe«, notiert Oceana im Kopf und macht probehalber ein paar Schritte.

Es läuft sich gut, aber relativ schwerfällig. Dann doch lieber schwimmen. Oceana legt sich waagrecht ins Wasser, ohne eine Schwimmbewegung zu machen. Doch statt tiefer zu sinken, hält der Schwebezustand weiterhin an.

»Wie ein Fisch«, denkt Oceana verblüfft.

Dann wird ihr bewusst, wie gut sie sehen kann. Ein wenig ungewohnt fühlt sich das Wasser in den Augen an, doch die Sicht ist klar. Nicht verschwommen wie eine Fensterscheibe, wenn der Regen dagegenprasselt. Auch die Helligkeit ist okay, obwohl es mitten in der Nacht ist, nur ihre Hand hebt sich kaum vom Untergrund ab.

»Das ist Magie«, sagt Oceana laut. Ohne darüber nachdenken zu müssen, befördert sie dabei das eingetretene Wasser mit einem geschickten Zungenschlag wieder aus der Mundhöhle. »Pure, wundervolle Magie. Und ich kann es ganz automatisch«, sagt sie versuchsweise nochmals laut und wieder weiß ihr Körper ganz selbstverständlich, was zu tun ist.

Ihr ist nicht kalt, ja, sie empfindet nicht mal ein Gefühl von Nässe. Jetzt registriert sie auch, wie schemenhaft ihre Haare unter Wasser wirken. Wenn sie den Kopf bewegt, flirren die Strähnen um sie herum, doch sie scheinen sich den Lichtverhältnissen anzupassen, nehmen die schattierte Dunkelheit auf, wirken scheckig, gesprenkelt oder grau, genau wie es zur Umgebung passt. Bewundernd lässt Oceana die Haare durch ihre Finger gleiten, sie spürt den Vorgang mehr, als sie ihn sieht. Dann blinzelt sie nach oben. Sie ist ein wenig abgetrieben und schwimmt wieder in Richtung Bootsrumpf zurück.

Da fällt ihr der morastige Boden auf und sie betrachtet ihn skeptisch. Zwar werden die Kanäle stets nach *Acqua Alta*, dem jährlichen Hochwasser, von Tauchern gereinigt, aber einladend sieht es trotzdem nicht aus. Sie muss da gleich drin rumfischen und wer weiß, was sich innerhalb eines Jahres im Schlamm alles angesammelt hat …

Oceana schwimmt nach oben.

»Mir ist eingefallen, dass ich mich an der Hand verletzen könnte.« Oceana grinst Francesco über den Bootsrand an. »Kann ich deinen Stab zum Stochern haben?« Vergnügt schüttelt sie die Haare, um Francesco nass zu spritzen.

»*Mama mia!* Du bringst mich noch um, wenn du immer so lautlos auftauchst!«, japst Francesco. »Mach deinen auffälligen Kopf weg«, zischt er. »Eben kam 'ne Gondel mit 'nem Liebespaar vorbei …«

Oceana taucht unter und Francesco hält instinktiv den Atem an. Genau wie eben, als Oceana zum ersten Mal getaucht ist. Als er es nicht mehr aushält und Luft holen muss, taucht Oceana trotzdem nicht auf.

»Es ist wirklich real«, murmelt er, schiebt den Teleskop-Stab auf kürzeste Länge zusammen und hält ihn neben sich ins Wasser. Er spürt, wie Oceana ihn aus seiner Hand zieht.

Sie taucht damit bis zum Grund und bringt sich in eine horizontale Schwebeposition. Dann beginnt sie systematisch mit dem Stab den Boden zu durchstreifen. Von Kanalwand zu Kanalwand, auf einer Breite von zwei, drei Metern und auch der Strömung folgend ein wenig weiter abseits der Stelle. So vorsichtig wie möglich, um nicht allzu viel Schlacke aufzuwirbeln, weil sie immer erst dann wieder etwas erkennen kann, wenn diese sich gesetzt hat.

Als Erstes findet Oceana ein Handy. Danach ein Weinglas, dann ein Seidentuch (das ihr so gut gefällt, dass sie es ein paar Mal zum Säubern durchs Wasser zieht und anschließend in den Bund ihrer Leggins klemmt) und eine Tabakpfeife, aber kein Samtsäckchen. Doch plötzlich stößt sie mit dem Stab wieder auf etwas Festes. Oceana klemmt ihn sich unter den Stumpf und tastet im Schlamm herum.

»Awww, eine Schneekugel«, blubbert Oceana und schüttelt sie.

Sofort wird die Gondel in der Glaskugel von einer silbrigen

Glitzerwolke umhüllt. I L♥VE VENICE steht auf dem Sockel und die venezianische Gondel treibt auf hellblauen Wellen.

Oceana beschließt, ein anderes Mal weiterzusuchen, weil sie ihre Finger kaum mehr spürt.

»Wahrscheinlich stört mich die Kälte nicht, aber meinen Körper schon«, überlegt sie und taucht wieder auf. »Hab dir was mitgebracht«, wispert Oceana und wedelt mit der Schneekugel.

Sie grinst in Erwartung auf Francescos erschrockenes Gesicht, als sie zum zweiten Mal ohne Vorwarnung direkt neben ihm auftaucht.

»*Dio mio*, mein Herz«, japst Francesco auch tatsächlich und hilft Oceana ins Boot.

Die Geräusche dabei sind lauter als gedacht und prompt rappelt über ihnen ein Fenster. Es scheint zu klemmen. Blitzschnell wirft Francesco Oceana den Pulli zu und stößt sich mit dem Stab von der Mauer ab.

»Ich zeig euch an! Ich ruf die *Carabinieri*«, ruft jemand erbost, doch da ist das Boot bereits in der Schwärze der Nacht verschwunden.

»Tut mir leid, dass ich die Kette nicht gefunden habe«, flüstert Oceana auf der Fahrt. »Ich versuch's noch mal, das versprech ich dir. Aber jetzt sind mir gerade fast die Finger abgefallen.« Oceana nestelt sich in den Pullover und steigt in die Schuhe. »Wrrr, wrrr, wrrr«, bibbert sie. »Kaum bin ich

draußen, ist mein Körper wieder so: *Oh mein Gott, was tust du?!*«

Francesco grinst. »Sind gleich da. Danke für die Schneekugel. Die ist toll!«

»Und schau mal, das Tuch ist echt der Hammer. Seide.« Sie zieht es aus der Hose und will es ausbreiten, um sich das ganze Muster ansehen zu können, als sie innehält.

Unter Wasser nähert sich etwas.

Ein verschwommenes Licht und ein großer dunkler Schatten gleiten unter dem Boot hindurch.

»Was zum Teufel war das?«, japst Oceana. »Hast du das gesehen?«

»Ein Wal?«, scherzt Francesco. »Ein Krokodil? Oder ein Lampion-Fisch?«

»Das war ein Taucher! Aber das ist strengstens verboten! Man darf in den Kanälen nicht tauchen gehen.«

»Ach ehrlich?«, flüstert Francesco schelmisch.

»Jetzt mal im Ernst. Was will der hier, quasi direkt vor unserer Haustür?«, zischt Oceana. »Halt mal an, bitte. Ich will herausfinden, was hier los ist.«

Francesco schiebt das Boot mit dem Stab in den Schatten der Hauswand auf der anderen Seite des Kanals. Und während er sich so tief wie möglich ins Boot kauert, schwingt sich Oceana schon über Bord.

»Ich geh gucken«, sagt sie und taucht ab.

»Nein!«, zischt Francesco und versucht vergeblich, Oceana zu erwischen. »Bleib hier, wir können das vom Boot aus beobachten … Boah, sie macht mich echt fertig!«

Zum zweiten Mal in dieser Nacht steht Oceana auf dem Grund des Kanals. Ihre Stiefel haben sich mit Wasser gefüllt und fühlen sich schwer an. Es gibt Oceana ein gutes Gefühl, einen festen Stand zu haben. So kann sie im Notfall beides, rennen oder schwimmen. Aber jetzt heißt es erst mal schwimmen. Doch das sind nur winzige, fast unwichtige Gedankenfetzen, die ihr durch den Kopf schießen. Denn das, was sich gerade vor ihren Augen abspielt, ist mehr als unglaublich.

Es ist wirklich ein Taucher, der mit vollem Equipment ausgestattet in einem zügigen Tempo schnurstracks auf den Anleger ihres Hauses zusteuert. Sein Neoprenanzug hat ein Tarnmuster und auch seine Flossen sind in Bewegung kaum zu erkennen. Fast wie unsichtbar gleitet er dahin und ist rasch angekommen.

Oceana lässt sich tiefer sinken. Der Taucher ist nun schräg über ihr und sie kann beobachten, wie der Schein seiner Stirnlampe über die Reusen gleitet, die dort unter Wasser hängen. Onkel Pietro betreibt eine kleine, illegale Krebszucht, mit der er sich ein paar Euro dazuverdient, da die Restaurants und Trattorien gut für heimische Meeresfrüchte zahlen. Der Haken daran ist nur, dass die private Krebszucht in den Kanälen verboten ist und Oceana überhaupt nichts davon hält.

Normalerweise. Denn jetzt findet sie die Idee, dass jemand Pietros Krebse klaut, geradezu eine Unverschämtheit.

»Vergiss es, das wirst du schön sein lassen!«, faucht Oceana und überlegt fieberhaft, wie sie vorgehen soll, wenn der Taucher sich gleich mit den Körben davonzumachen versucht.

Doch wie sich herausstellt, hat der Taucher etwas ganz anderes vor: Er hat damit begonnen, wenige Meter neben den Körben an der Kanalwand herumzuwerkeln.

Oceana schnappt überrascht nach Luft, doch anscheinend muss das Atmen unter Wasser gleichmäßig vonstattengehen, denn sie verschluckt sich und bekommt prompt einen Hustenanfall, der umso schlimmer wird, je stärker sie ihn zu unterdrücken versucht. Irritiert sieht der Taucher auf.

Würgend und keuchend drückt sich Oceana so tief wie möglich in den Schlamm und versucht, die Luft anzuhalten. Der erdige Geschmack im Mund und das Knirschen des Dreckwassers zwischen den Zähnen lassen eine so starke Übelkeit in ihr aufkommen, dass Oceana kurz davor ist, aufzutauchen um sich zu übergeben. Doch so schnell der Anfall gekommen ist, so plötzlich ist er auch wieder vorbei. Ihre Wasseratmung scheint sich in immer schnellerem Tempo an die verschiedenen Umstände anzupassen und sie kann sich wieder auf den Taucher konzentrieren.

Der lässt gerade ein Abdeckgitter auf den Boden sinken. In der Kanalwand zeigt sich nun ein kreisrunder Einlass.

Oceana nutzt den Augenblick, als der Taucher sich mit dem Oberkörper hineinbeugt, um sich aus dem Schlick zu erheben und blitzschnell hinter den Reusen in Deckung zu gehen. Das alles ist einfach zu verrückt. Oceana ist sich sicher, dass das hier garantiert nicht für ihre oder sonst jemandes Augen gedacht ist.

»Gefährlich«, denkt Oceana und ballt unbewusst wieder die Finger zur Faust. Sie werden immer kälter und unbeweglicher. Francescos ständige Warnungen kommen ihr in den Sinn. »Verflucht«, wispert sie. Das einzig Vernünftige wäre, die Polizei zu informieren. Den Taucher kann sie ja auch von ihrem Kinderzimmerfenster aus entdeckt haben. Niemand müsste erfahren, dass …

Da zieht sich der Taucher aus dem Loch zurück.

»Er schwimmt nicht rein.« Oceana ist erleichtert, denn das nimmt ihr eine riskante Entscheidung ab.

Nein, er schwimmt nicht hinein. Noch nicht.

Denn in diesem Moment kommt ein zweiter Taucher hinzu, und zwar schwimmt er aus dem Gang heraus!

Oceana schlägt die Hand vor den Mund und sieht, wie die Taucher sich per Zeichensprache verständigen und einander eine große Tasche übergeben. Mit dieser verschwindet der erste Taucher nun im Loch, während der andere hinter ihm das Gitter aufsetzt, es festklopft und sich dann zügig Richtung Altstadt entfernt.

Kaum ist er außer Sichtweite, taucht Oceana zum Eingang. Jegliche Zweifel haben sich in Luft aufgelöst. Natürlich wird sie hinterherschwimmen.

Oceana rüttelt am Gitter, doch die Abdeckung sitzt fester als gedacht.

»Ein Hebel, ich brauche einen Hebel.« Oceana stößt sich ab und durchbricht die Wasseroberfläche.

Diesmal hat Francesco damit gerechnet, denn er starrt schon eine ganze Weile ungeduldig ins Wasser.

»Gott sei Dank, ich dachte schon, du tauchst nie wieder auf. Wir müssen beim nächsten Mal eine Zeit festlegen, damit ich …«, flüstert er, während Oceana sich mit dem Stumpf am Bootsrand festklammert und Ströme von Wasser aus ihrer Nase laufen.

»Pst, schschsch, hör zu«, blubbert sie. »Da unten ist ein Durchgang. Unter unserem Haus, neben den Reusen. Ein Taucher ist rausgekommen und der von eben ist rein. Ich brauch den Stab noch mal, um das Gitter aufzuhebeln!« Oceana wedelt ungeduldig mit der Hand.

»Hä? Nein!«, sagt Francesco. »Auf keinen Fall! Das wird richtig gefährlich. Wir rufen jetzt die Po… Spinnst du? Hey, ich wär beinah über Bord gegangen!« Francesco versucht, das schwankende Boot wieder zu stabilisieren, denn Oceana hat sich blitzschnell den Stab geschnappt und ist erneut abgetaucht.

»Boahmannechtey!«, schimpft Francesco. »Dann mach ich's halt selbst.«

Er nimmt das Paddel aus den Haken unterhalb der Sitzbank, rudert ans Ufer und springt an Land. Es ist alles ruhig, nur die kleine Außenlampe des Handtuchhauses flackert nervös vor sich hin, bis sie sirrend erlischt. Francesco seufzt und starrt unschlüssig ins Wasser.

»Neben den Reusen, hat sie gesagt. Was für Reusen überhaupt?« Er leuchtet mit dem Handylicht ins Wasser. Ja, da hängen tatsächlich welche. Francesco runzelt die Stirn. »Ist auch nicht erlaubt«, murmelt er. »Dieser Onkel scheint mir echt 'ne Nummer zu sein …«

Doch sosehr Francesco auch ins Wasser starrt, von Oceana fehlt jede Spur, obwohl sich Francesco ganz sicher ist, dass sie hier irgendwo sein muss. Wahrscheinlich ein wenig weiter links, direkt hinter der Brücke, doch da kommt er nicht nahe genug ans Wasser ran. Francesco setzt sich zu den Booten und lässt die Füße über den Kanalrand baumeln. Er öffnet das Tastenfeld und stellt einen Timer.

»Fünfzehn Minuten, ab jetzt, dann alarmiere ich die Polizei. Fünfzehn Minuten …«

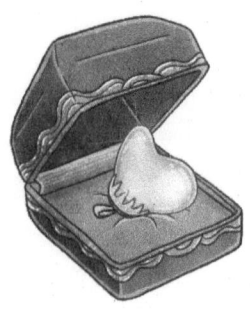

Kapitel 11

Unterdessen stochert Oceana mit dem Stab im Gitter herum und hat bald eine passende Stelle gefunden, an der es sich heraushebeln lässt.

Ohne zu zögern schwimmt Oceana ins Loch. Das Betonrohr führt wie vermutet im rechten Winkel vom Kanal weg. Doch nach wenigen Metern enden die glatten Wände und gehen in einen gemauerten Schacht über. Das Schwimmen funktioniert in der beklemmenden Enge nicht wirklich gut, deswegen hilft Oceana mit der Hand nach und schiebt sich Stoß für Stoß auf dem Schachtboden voran. Wenn ihr jetzt der Taucher entgegenkäme! Das Ganze würde in einer riesigen Katastrophe enden … Doch Oceana ist so gefangen von ihrer neuen, magischen Welt, dass sie die warnenden Gedanken beiseiteschiebt. Lieber denkt sie darüber nach, wohin der Tunnel wohl führt, was an dessen Ende wartet und warum gleich zwei Taucher hier ein und aus schwirren wie Bienen in ihrem Stock.

Oceana arbeitet sich weiter voran, als in dem engen Rohr plötzlich ein gewaltiges Dröhnen ertönt. Das Wasser scheint den Ton ohne Umschweife in schmerzhaftes Brennen umzuwandeln, der Oceanas gesamten Körper erfasst. In ihrem Kopf erklingt ein alles übertönendes Sirren und Oceana verliert die Orientierung. Bilder ihres Albtraums blitzen auf, strudelnde, erstickende Wassermassen nehmen ihr die Luft zum Atmen. Oceana will augenblicklich umdrehen, fliehen, nur raus hier, sie wird panisch, doch da sind überall nur Wände, Steine, Felsen …

»Atmen, atmen, atmen …« Ruhig und bestimmt schleicht sich die brummige Stimme von *Dottore* Colombo zwischen sie und die Angst. Oceana schließt die Augen und löst die Hand von der Wand. So trudelt sie ganz von allein wieder in die Waagrechte. Langsam klärt sich ihr Blick. Nicht mehr durch den Schreck überwältigt, wird Oceana jetzt auch klar, was die Geräusche zu bedeuten haben.

»Stinknormales Hämmern und Bohren, nur unter Wasser«, stellt sie fest und schiebt sich weiter. »Nur dass stinknormales Bohren und Hämmern nachts und unter Wasser eben doch nicht ganz stinknormal sind.«

Und genau das bestätigt sich jetzt.

Da sich der Schall unter Wasser sehr viel schneller ausbreitet als an der Luft, fühlt sich jedes Geräusch für Oceana an, als käme es direkt aus ihrem Körper. Aus diesem Grund kann sie unmöglich einschätzen, wie weit sie von der Geräuschquelle überhaupt entfernt ist. Nur eine kaum wahrnehmbare

Lichtveränderung lässt Oceana vermuten, dass der Taucher nicht mehr weit weg sein kann.

Mit frischem Schwung schiebt Oceana sich weiter …

… und knallt beinahe mit dem Kopf frontal gegen eine Wand.

Im letzten Moment zuckt sie zurück und ein schmerzhafter Stich fährt in ihren Nacken.

»Aua! Scheiße! Das tut weh!« Oceana hält mit geschlossenen Augen inne. Als der Schmerz erträglich geworden ist, tastet sie die Wand ab.

Ja, der Gang endet hier tatsächlich. Er hört einfach auf! Aber wo ist der Taucher hin?

Oceana kann sich schlecht konzentrieren, ihr Körper ist ein einziger schmerzender Ballast. Und jetzt tut auch noch der Nacken bei jeder Bewegung weh.

Vielleicht ist sie schon zu lang unter Wasser? Oder es gibt bestimmte Dinge zu beachten, von denen sie keine Ahnung hat? Zum Beispiel die Augen. Oceana zwinkert. Sie brennen und die Sicht wird durch flimmernde Schlieren eingeschränkt. Die Umgebung wird zunehmend unschärfer, kein Wunder, dass sie nicht bemerkt hat, dass der Tunnel eine Sackgasse ist.

Mit einem Mal wird Oceana auch die Enge der Röhre bewusst, die ihr bis jetzt kaum mehr als ein leichtes Beklemmungsgefühl verursacht hat. Doch nun scheinen die Tunnel-

124

wände sich um sie legen zu wollen und Oceana bekommt abermals Schwierigkeiten mit dem Atmen.

»Ich muss raus! Nach oben!« Oceana versucht, umzudrehen, aber dafür ist es zu eng. Stattdessen hievt sie sich auf den Rücken und stößt sich mit der Hand an der Tunneldecke ab. Sie kommt ultraschlecht voran und nach wenigen Metern schmerzt ihr Nacken so sehr, dass sie eine Pause einlegen muss. Als sie den Kopf nach hinten sinken lässt, um ihn zu entlasten, sieht sie es: Eine Abzweigung in der Tunnelwand, unter der sie auf dem Hinweg einfach hindurchgetaucht ist.

»Wie konnte das passieren?«, flucht Oceana und linst in den Durchgang.

Da ist ja auch der verschwundene Taucher! Er hat die Flossen ausgezogen und legt gerade einen schweren Meißel beiseite. Die eintretende Stille lässt die Schmerzen in Oceanas Körper augenblicklich verstummen. Der Mann räumt nun Steinbrocken aus einem Loch vor sich und stapelt sie entlang des Ganges an der Wand auf. Immer wieder windet er sich probehalber durch die Öffnung. Doch sie ist noch nicht groß genug. Der Taucher nimmt ein weiteres Gerät zu Hilfe, dessen Geräuschkulisse Oceanas Zähne aufeinanderschlagen lässt. Doch es sind nur noch ein paar Steine im Weg, bis die Öffnung groß genug ist. Endlich passt der Taucher hindurch.

Oceana reagiert wie ferngesteuert.

Sie krabbelt in den Gang, zieht sich vorsichtig an der

scharfkantigen Öffnung entlang und lässt sich ebenfalls hindurchgleiten. Doch wo ist sie hier? Wider Erwarten führt der Durchbruch nämlich nicht in einen weiteren Gang, sondern öffnet sich in eine Art Raum. Oceana verharrt und sieht sich um.

Erinnert mich an unseren Keller, nur UNTER Wasser, fällt Oceana auf. Und weil der Taucher in dem Bassin nicht zu entdecken ist, gleitet Oceana langsam der Wasseroberfläche entgegen und taucht Zentimeter für Zentimeter auf.

Als sich ihre Augen nach ein paarmal heftigem Blinzeln wieder umgestellt haben, wird ihr klar, wo sie sich befindet. »Ein Flutraum!«, wispert sie.

Das gemauerte Gewölbe, das sich in vielen der alten Palazzi unterhalb des Wasserspiegels befindet, und bei Hochwasser dafür sorgt, dass das Haus nicht überflutet wird, misst etwa drei auf drei Meter. Über dem Wasserspiegel ist noch reichlich Luft nach oben. Knapp unter der Decke entdeckt Oceana die typische Luke, von der eine Leiter ins Wasser hinabführt. Aha! An den Sprossen hängt eine Pressluftflasche mit Mundstück und eine Taucherbrille. Der Mann ist also dort hochgeklettert …

»Soll ich …?«, fragt sich Oceana, als ihr die Entscheidung abgenommen wird. Denn plötzlich ertönen Schritte und wildes Triumphgeschrei. Der Taucher ist zurück und scheint unmittelbar vor der Luke stehen zu bleiben und mit jemandem

zu telefonieren. Nein, die Geräusche hören sich nach einem Funkgerät an. Oceana wiegt den Kopf hin und her, damit das Wasser aus ihren Ohren fließt.

»*Maledetta merda*, wir haben's geschafft, es hat geklappt!«, hört sie den Taucher rufen und Oceana stutzt. Dieser toskanische Dialekt kommt ihr bekannt vor! Und zwar von Luigi, einem von Pietros sogenannten Geschäftskollegen. Oceana hört das Knistern des Funkgerätes jetzt ganz deutlich.

»Pino? Pino hörst du mich? Ich bin drin! So geil. Drin!«, brüllt der Mann so laut, dass Oceana sich fragt, ob er das Funkgerät überhaupt braucht.

Oceana hält die Luft an. Pino?! So hieß der zweite Typ, der gestern bei ihnen zu Hause war. Und mit denen will Pietro eine Firma gründen? Oceana schnaubt verächtlich. Aus dem Funkgerät quäkt eine ganze Weile nur unverständliches, blechernes Gejaule.

»Pino?«, brüllt Luigi. »Ja, ist gut, ja, halt mal den Mund und hör zu. *Sì. Sì.* Schnauze jetzt! Also, hat wie am Schnürchen geklappt. Vom Flutraum in den Keller. Hier ist 'ne Leiter, alles easy. Kellerschlüssel passt. *Museo*-Schlüssel passt auch, hab's gecheckt. Für morgen Nacht alles *tutto bene*. Das wird so ein Ding! Das Perlchen gehört so gut wie uns! Wuha-ha-ha! Bin jetzt auf dem Rückweg, hörst du mich, Pino? Pino? Pino bitte antworten! … *Idiota*«, flucht Luigi und die Tür der Luke wird aufgezogen.

Als sich Luigis Beine hindurchschieben, taucht Oceana unter und schwimmt so schnell wie möglich durch den Quergang davon. Dabei schnappt sie sich eine der Taucherflossen und lässt sie erst ein paar Meter weiter im nächsten Rohr fallen. Das wird den Taucher eine Weile aufhalten …

Schnaufend arbeitet Oceana sich voran. Perlchen, Kerlchen, Perlchen, Kerlchen, funkt ihr Gehirn pausenlos, aber Oceana hat keine Zeit, über das Gehörte nachzudenken. Sie muss jetzt so schnell wie möglich den Kanal erreichen, denn ausweichen kann sie Luigi nicht mehr. Doch irgendwas stimmt mit ihren Augen nicht, sie haben sich noch immer nicht aufs Wasser eingestellt und Oceana sieht nur schemenhaft. Wieso passiert denn jetzt so was? Egal, Oceana hat so große Angst, dass sie sich einfach fast blind voranschiebt, Hauptsache, sie schafft es vor Luigi. Da, sie hat den Ausgang erreicht! Ob sie versuchen soll, das Gitter wieder aufzusetzen, damit nicht der Hauch eines Verdachts entsteht? Doch wenn sie es nicht tut, wird Luigi davon ausgehen, dass Pino es vergessen hat und dann muss der praktischerweise dafür geradestehen.

Oceana kann inzwischen kaum mehr etwas erkennen. Nur noch andeutungsweise nimmt sie die Umgebung wahr. Sie tastet sich an der Kanalwand entlang, um die Reusen zu finden. Als sie die Körbe erreicht hat, legt sie den Kopf in den Nacken und sieht nach oben. Ein fieser Schmerz zieht über ihre Kopfhaut bis zur Stirn. Ist der Weg frei oder wird sie gleich von unten gegen eines der Boote prallen? Oceana schüttelt den Kopf und zwinkert. Es hilft alles nichts, es lässt sich unmöglich einschätzen … Oceana beschließt, sich dicht an der Kaimauer hinaufgleiten zu lassen, so kann am wenigsten passieren. Sicherheitshalber streckt sie den Arm über ihrem Kopf aus, um mögliche Hindernisse rechtzeitig zu bemerken.

Doch was ist das?

Mit einem Mal zucken blau blitzende Farbwolken durch die Schwärze des Wassers. Oceana hält erstarrt inne.

Hat Francesco etwa die Polizei informiert?

Was hat er sich nur dabei gedacht?

Wie um Himmels willen sollen sie den *Carabinieri* erklären, was passiert ist?

Ihr Geheimnis wird auffliegen und … und … die ganze Welt verändern! Die ganze Welt!

Oceana fängt vor Entsetzen an zu zittern. Jetzt ist es also doch geschehen, ihre ganz persönliche, magische Geschichte, die ihre Vorfahren über Jahrhunderte bewahrt haben, wird aufgedeckt werden … Und auch der geheime Vertrag ihrer Mutter wird sie nicht mehr schützen können. Langsam, ganz langsam kriecht eine lähmende Kälte über ihren Körper und lässt ihn erstarren. Das Geräusch des Polizeibootes dröhnt dabei durch ihren Kopf und jeder Lichtblitz schickt einen kreischenden Schmerz hinterher.

Die Lichtwolken werden greller. Sie kommen näher.

Panisch überlegt Oceana immer noch, was sie tun soll. Sie will nur abhauen. Sich in Luft auflösen. Genauso unsichtbar werden wie ihre Haare unter Wasser. Verschwinden. Aber wohin? Oceanas Gedanken schlagen Purzelbäume und es dauert eine ganze Weile, bis sie überhaupt registriert, dass die Geräusche dumpfer und die Lichter dunkler geworden sind: Das Boot ist vorbeigefahren. Es hat ein anderes Ziel.

»Galt nicht mir! Galt nicht mir!«, japst Oceana erleichtert. »Oh danke, danke, das galt nicht mir! Jetzt bloß schnell raus, schnell, schnell, ich kann nicht mehr. Ich kann einfach überhaupt nicht mehr!«

Oceana will den Arm ausstrecken, um sich an der Wand nach oben zu ziehen, doch ihr Körper hat den Befehl anscheinend gar nicht mitbekommen. Verwirrt versucht Oceana erneut, nach oben zu schwimmen. Doch sie kommt nicht vom Fleck. Es rührt sich nichts. Im Gegenteil, statt des natürlichen Auftriebs gerät Oceana in einen kaum wahrnehmbaren Abwärtssog, der sie dennoch beständig auf den Grund des Kanals zieht, als hingen Gewichte an ihren Füßen.

»Nein! Stopp!« Oceana will schreien, doch es ertönt nur unverständliches Gurgeln. Sie schmeckt Wasser im Mund, aber statt es wie bisher automatisch auszuspucken, schluckt sie es hinunter. Oceana schluckt und würgt und bekommt kaum Luft.

Tja, so ist das, wenn man ertrinkt, funkt ihr Gehirn ungerührt.

»Francesco! Hilfe!« Oceana versucht noch mal zu schreien und wieder füllt sich ihr Mund mit Wasser, mit immer mehr Wasser.

Oceana wird schwindlig und ihr sowieso schon fast blindes Gesichtsfeld engt sich weiter ein. Da passiert es. Aus Oceanas Oberkörper weicht jegliche Spannung, er sackt langsam nach vorn, gleich wird sie das Bewusstsein verlieren. Und … es fühlt sich gar nicht schlecht an, dieses watteweiche Weggleiten … so weich … gaaanz weich … Nein! Etwas stimmt nicht, etwas passt nicht. Etwas drückt sich schmerzhaft in Oceanas Rippen. Ach, ist doch egal … Oceanas Gedanken treiben wieder ab … Aber es tut weh … das Spitze … Oceana spürt, dass sie sich ein letztes Mal mit aller Kraft konzentrieren muss. Auf genau diesen Druck, diesen Schmerz … Was … was … kann denn das sein? Es tut weh! Da finden ihre Gehirnzellen die Antwort, plötzlich ist sie da: der Teleskop-Stab! Tu was!, schreit ihr Kopf. Mach! Du musst dich retten! Oceana sammelt ihre Kräfte, alles, was noch übrig ist.

Tu. Es. Jetzt!, brüllt ihre innere Stimme und Oceana lenkt all ihre Willenskraft in ihre Hand und zieht den Stab aus dem Bund der Leggins. Dann klemmt sie ihn sich unter den Stumpf und zerrt die Stangen auseinander. Stückchen für Stückchen, wie in Zeitlupe, mit einem Arm, der tausend

Tonnen wiegt, hoffend, dass es ihr gelingt, ihn lang genug zu machen, sodass er oben aus dem Wasser ragt …

»Noch. Ein. Stück. Noch …«

Doch Oceana kann nicht mehr. Es ist genug. Mehr geht nicht. Alles wird dunkel. Und totenstill. Ein Muskelkrampf lässt ihre eiskalten Finger sich um den Stab verkrampfen.

Dann verliert Oceana das Bewusstsein.

Kapitel 12

Francesco starrt auf den Timer des Handys. Die Millisekunden rasen so schnell, dass man die einzelnen Ziffern kaum erkennen kann. Bald sind die fünfzehn Minuten abgelaufen. Die zweiten fünfzehn Minuten, um ehrlich zu sein. Er hat es einfach nicht über sich gebracht, Oceana in eine so weltverändernde, extrem krasse Situation zu bringen, was ganz klar die Folge gewesen wäre, wenn die *Carabinieri* die ganze Geschichte herausgefunden hätten. Francesco trommelt ungeduldig auf seinen Schenkeln herum.

Während er wartete, hat er bereits eine Nachricht an seinen Bruder geschickt, dass es später werden könnte, ungefähr hundert Steinchen ins Wasser geworfen, zwei Katzen gestreichelt und in einer dunklen Ecke ins Wasser gepinkelt. Er hat, halb erleichtert, halb beunruhigt, festgestellt, dass die rätselhaften Vibrationen aufgehört haben und sich tausend Vorwürfe gemacht, dass er falsch handelt, nicht handelt, zu spät handelt, unvernünftig handelt oder auf tausend anderen Arten die Situation falsch einschätzt und ganz sicher eine

Riesenschuld daran hat, wenn hinterher irgendwas schiefgeht und Oceana was passiert.

»Und es wird was schiefgehen, das ist so klar!«, schimpft Francesco mit sich selbst. »Wenn mir das jemand erzählen würde, ich würde denjenigen für total bescheuert halten … Sieht man doch in den Filmen immer und fragt sich, warum die Leute so blöd sind, einfach nix zu unternehmen. Ja, ja, schon klar, weil man sonst keinen Film drehen könnte, der wäre ja nach zehn Minuten zu Ende. Trotzdem!« Er blickt missmutig aufs Display.

13:06:22.

»Sie bringt mich um, wenn ich Hilfe rufe!«

Francesco steht auf und wandert am Kanal auf und ab. Immer wieder starrt er ins schwarze Wasser. Als sich eine Gondel nähert, dreht er sich weg, bis sie vorbeigeglitten ist.

14:35:19.

Francesco scharrt ungeduldig über den Boden.

»Jetzt komm schon, Oceana«, murmelt er beschwörend. Die Sekunden verrinnen. Leise platschen Wellen an den Kai. Alles ist ruhig, bis auf einmal wie aus dem Nichts grellblaue Lichtblitze durch die Nacht schneiden.

»Was?« Francesco schüttelt ungläubig den Kopf. »Polizei? Hab ich da jetzt aus Versehen …? Nein, das kann nicht sein …«

Doch Francesco hat gar keine Zeit, die Sache weiter zu

durchdenken, denn da nähert sich auch schon mit zügiger Geschwindigkeit ein Polizeiboot.

Francesco reagiert instinktiv. Er lässt sich auf den Boden fallen und robbt in den nächsten Hauseingang. Vielleicht hat er Glück und die *Carabinieri* halten ihn für einen Hund oder haben ihn bestenfalls gar nicht gesehen, weil sie auf ihr Ziel fokussiert sind.

»Und das ist nicht hier. Hier wolltet ihr nicht hin«, wispert Francesco mit klopfendem Herzen und weiß gleichzeitig, wie absolut unlogisch er sich gerade verhält. Und um das Durcheinander perfekt zu machen, fährt das Boot tatsächlich vorbei.

Und was jetzt? Francesco ballt die Fäuste vor Hilflosigkeit. Perfekt, super, klar, der Timer ist zum zweiten Mal abgelaufen und Oceana immer noch nicht wieder da, das war ja vorauszusehen. Also doch anrufen, so, wie er es sich geschworen hat? Aufgewühlt beginnt Francesco wieder auf und ab zu laufen.

»Erst will ich die Polizei rufen, und als sie dann kommt, krieg ich Panik. Total bescheuert, ey!« Francesco boxt wütend in die Luft. »Fünf Minuten Verlängerung, mehr nicht!«, sagt er, gräbt die Hände tief in die Hosentaschen und marschiert weiter. »Fünf! Minuten! *E basta!*«

Als Francesco gerade kehrt machen will, fällt ihm plötzlich etwas auf. Nahe der Kaimauer bewegt sich das Wasser in unruhigen Kringeln. Ragt da nicht sogar was Helles heraus?

»Hä? Mein Teleskop-Stab?«, keucht Francesco. Ihm wird eiskalt. »Oceana? Oceana bist du das?«

Ohne zu zögern, legt sich Francesco auf den Bauch und versucht, das wackelnde Ende zu fassen. Als er es endlich zu packen kriegt und näher zu sich zieht, bemerkt er einen Widerstand; als ob ein Gewicht an der Stange hinge, denn eigentlich wiegt der Stab so gut wie nichts. Hektisch zieht Francesco stärker und mit einem Mal taucht etwas auf. Ein Bündel nasser, blauer Haare ist zu erkennen. Francesco wimmert entsetzt und zieht mit aller Kraft, bis Oceanas Kopf über Wasser ist. Leblos hängt er herab.

»Oh mein Gott, oh mein Gott!« Francesco krallt sich mit beiden Händen in Oceanas T-Shirt, sie darf ihm auf keinen Fall entgleiten. Francesco keucht vor Panik. Er hat keine Ahnung, wie er Oceana aus dem Wasser kriegen soll, sie hängt tonnenschwer in seinen Armen. Doch irgendwie verleiht ihm die Angst ungewohnte Kräfte. Francesco schafft es, seine Hände unter ihre Schultern zu bekommen und es gelingt ihm, Oceana mit zusammengebissenen Zähnen über die Kaimauer zu ziehen.

»Aua, aua, aua«, wimmert Francesco voller Mitgefühl, als er den leblosen Körper Stückchen für Stückchen über die steinerne Kante hievt. Ganz sicher wird Oceanas Rücken aufgeschürft werden, doch anders geht es einfach nicht.

Als Oceana auf dem Kopfsteinpflaster liegt, keucht Fran-

 136

cesco vor Anstrengung. Tränen laufen ihm über die Wangen, aber er verliert keine Zeit, sondern bringt sich neben Oceana in Position für eine Herz-Lungen-Wiederbelebung, wie er sie in der Sanitätsausbildung gelernt hat. Mit durchgestreckten Armen presst er die Handballen auf Oceanas Brust. Doch unmittelbar bevor Francesco den ersten Stoß der Herzdruckmassage setzen kann, öffnet Oceana flatternd die Augen. Sie schafft es gerade noch, sich zur Seite zu drehen, bevor sie sich mit einem großen Schwall erbricht.

»Das war knapp«, ächzt sie zwischen zwei Kotzattacken. »Ich glaub, das kommt, weil ich nicht genug gegessen habe.«

»Ich … ich …«, stottert Francesco. »Ich glaub, das kommt, weil der menschliche Körper halt einfach nicht dafür gemacht ist, unter Wasser zu atmen«, presst er hervor und wischt sich mit dem Ärmel über die Nase.

»Heulst du?« Oceana hustet, setzt sich auf und wiegt dabei den Kopf von Seite zu Seite, damit das Wasser herausfließen kann. Aus ihrer Nase läuft Schnodder.

Francesco antwortet nicht. Dann räuspert er sich. »Ja«, sagt er leise. »Ich dachte, du seist tot.«

»Scheiße, tut mir leid«, ächzt Oceana und würgt erneut.

»Ich hab den Stab nur zufällig gesehen«, zischt Francesco. Plötzlich überkommt ihn eine so große Wut, dass er Oceana am liebsten anschreien würde. »Mann, du hast ja keine Ahnung! Ich bin sauer auf dich! Und ich bin sauer auf mich!

Keinen Schimmer, wie ich es geschafft hab, dich aus dem Wasser zu zerren. Du hast deine Schuhe verloren. Und du blutest am Rücken. Und du hättest tot sein können!«

Oceana schlingt unvermittelt den Arm um Francesco. »Ich heul jetzt auch kurz, okay?«, schluchzt sie schlotternd und Francesco nickt.

Die beiden sitzen im Mondlicht und halten einander fest.

Als Oceanas Zittern immer heftiger wird, löst sich Francesco aus der Umarmung. »Du musst dringend unter die heiße Dusche.«

»Du kriegst die Kurzfassung, ja?«

»Okay«, sagt Francesco.

»Wollen wir wetten, dass du mir kein Wort glaubst?«, fragt sie.

»Wette verloren, verrückter als das hier kann es eh nicht werden«, antwortet Francesco.

»Also. Der Gang führt unter unserem Keller durch in den Flutraum vom *Museo*. Die Wand haben sie aufgemeißelt. Und der Taucher und sein Kollege wollen morgen Nacht die Perle stehlen.« Oceana hält kurz inne. »Kerle!«, ruft sie dann. »Ja klar! Oh diese Tauben! Perle, nicht Kerle! Die wissen das schon viel länger!« Oceana lacht und hustet gleichzeitig. »Sorry, das war jetzt nicht wichtig ... Also jedenfalls, das Komische ist, dass die beiden Typen Kumpels von Onkel Pietro sind. Ende.«

 138

Francesco verschränkt die Arme. »Joa«, sagt er. »Da mich ja seit unserem Kennenlernen im Kopierraum in diesem Leben nix mehr erschüttern kann, denke ich mal, dass du vorhast, den Raub zu verhindern.«

»Logisch«, antwortet Oceana und hievt sich ächzend auf die Knie. »Aber das besprechen wir morgen, ja? Kannst du mir aufstehen helfen, bitte?«

Francesco ergreift den Stumpf und Oceana kommt wackelig auf die Beine.

»Bist du sicher, dass du's alleine schaffst?«, fragt Francesco.

Oceana macht ein paar Probeschritte. »Klappt«, sagt sie.

»Uuuh«, macht Francesco, als er die Blutflecken auf dem T-Shirt sieht. »Tut mir so leid! Sieht echt übel aus. Ich musste dich volle Kanne über die scharfe Steinkante zerren.«

Oceana bleibt stehen und dreht sich zu Francesco um.

»Halb so wild. Ach so, noch 'ne Kurzversion: Danke für die Rettung. Ende. *Ciao.*«

Bedächtig humpelt Oceana zur Haustür. Es tut alles weh und der Rücken ganz besonders, auch wenn Oceana das nicht zugeben will.

»*Ciao*«, erwidert Francesco leise und schüttelt fassungslos den Kopf. Dann schiebt er den Stab zusammen, geht zum Boot und wartet mit dem Ablegen, bis er in Oceanas Zimmer das Licht angehen sieht.

Während Oceana sich tropfend die Treppe hinaufschleppt, toben und taumeln die Gedanken in ihrem Kopf umher. Sie kriegt keinen richtig zu fassen und ist auch zu erschöpft, um logisch denken zu können. Nur die Sache mit Pietros Beteiligung, das muss sie irgendwie noch klarkriegen. Erst das mit den Briefen, jetzt ein Perlenraub?

»He, ich schwör's dir, Pietro …«, japst sie und klammert sich ans Geländer, um zu verschnaufen. »Wenn du in der Sache mitdrinsteckst, dann, dann, dann …« Oceana schleppt sich weiter. »Es spricht wirklich alles gegen ihn. Er kennt das Haus wie kein anderer, weil er den Ausbau selbst gemacht hat. Also weiß er natürlich von der Abzweigung vom Kanal in den Flutraum. Den Tipp haben die Typen ganz klar von ihm.«

Leise tritt Oceana ins Wohnzimmer. Pietros Schnarchen klingt grauenhaft. Eine Hand liegt auf dem Bauch und Oceana bemerkt den Freundschaftsring am Finger, den er ununterbrochen trägt und oft unablässig dreht, wenn er nervös oder traurig ist. Er hat ihn von ihrer Mutter, irgendwann hatte Pietro ihr erzählt, dass sie heiraten wollten.

»Ich weiß nicht, Mama«, flüstert Oceana. Was hat ihre Mutter an Pietro wohl so sehr geliebt? Vielleicht war er früher anders? Obwohl, er war bis jetzt total lieb zu ihr, es gab gar nichts auszusetzen. Für seine Depressionen kann er ja nichts. Oceana seufzt. Und plötzlich ist alles anders und er

steckt mit zwei Verbrechern unter einer Decke, die einen Millionenraub begehen wollen? Am Sonntag, um genau zu sein, wie ihr gerade dank der Tauben einfällt. Das ganz große Ding? Und nicht nur das, Pietro ist sicher sonnenklar, dass die Perle eigentlich ihr gehört! Das ließe sich doch vielleicht sogar mit den Unterlagen beweisen. »Nee«, Oceana schüttelt den Kopf. »Ließe es sich nicht. Ich hab ja kein Foto und keine Zeichnung. Ich hab ja bloß davon geträumt. Haha, die Polizei würde sich kaputtlachen. Könnte ja jeder kommen und das behaupten …« Pietro hatte vor Jahren mal erzählt, dass er sämtliche Handyfotos aus Trauer gelöscht habe. Oceana ballt die Faust. »Echt blöde Situation«, presst sie hervor, wirft Pietro einen wütenden Blick zu und geht in die Küche.

Sie füllt eine Wärmflasche, gießt einen Becher Instant-Nudeln auf und trägt die Sachen in ihr Zimmer. Sie drückt mit der Schulter auf den Lichtschalter und steckt die Wärmflasche unter die Bettdecke.

»Sporco, nicht an den Becher gehen, du verbrühst dich«, erklärt sie der Ratte beim Hinausgehen und als sie auf dem Weg zum Bad ist, startet am Kanal der Motor von Francescos Boot.

Oceana sitzt im Schneidersitz mit einer Tüte Chips unter dem heißen Strahl der Dusche. Als die Schmerzen nachgelassen haben und sie sich wieder halbwegs lebendig fühlt, schlüpft

sie in ihren kuscheligen Winterpyjama. Im Bett schlürft sie gähnend die Nudelsuppe in sich hinein, bevor die wohlige Wärme und eine lähmende Müdigkeit sie noch mit dem Löffel in der Hand einschlafen lassen. Auch das Licht der Nachttischlampe brennt noch, doch das regelt sich durch Sporco, der wenig später auf dem Weg zum Nudelsuppenrest im Becher über den Schalter tapst.

Kapitel 13

Am späten Vormittag erwacht Oceana davon, dass die Tauben gegen das Fenster picken und Sporco mit ihren Haaren spielt. Probeweise öffnet sie ein Auge.

»Zum Glück, geht wieder«, atmet sie auf. Das Brennen und Verschwommensehen ist verschwunden. Sie tastet nach dem Handy.

Ich warte unten, hat Francesco geschrieben. Um 9 Uhr! Und jetzt ist es halb zwölf. Meint er hier? Und heißt das, er wartet schon zweieinhalb Stunden?

Oceana wälzt sich jaulend aus dem Bett und öffnet das Fenster. Noch bevor sie feststellen kann, dass Francesco wirklich da ist, flattern die Tauben gurrend hinein und halten zielstrebig auf ihre Nische zu, wo sie sich aufplustern, den Kopf unters Gefieder stecken und ein Nickerchen halten.

»Ihr hattet übrigens recht mit dem ganz großen Ding«, ruft sie zu ihnen hinauf. »Respekt, ihr habt da echt –«

»Maria ist jetzt mit Stefano zusammen«, wird sie dumpf von Polo unterbrochen.

 143

»Sehr zusammen«, ergänzt Marco.

Oceana lacht auf. »Na, das ging schnell«, sagt sie und wendet sich zum Fenster. »Hi!«, ruft Oceana und Francesco sieht von seinem Buch auf. Dann wedelt er mit einer Tüte aus der Bäckerei.

Oceana wird von einem so knuspersüßen Gefühl durchflutet, wie sie es noch nie gespürt hat. Vielleicht fühlt es sich so an, einen guten Freund zu haben? Sie hat sich immer eine beste Freundin gewünscht, so wie gefühlt alle in der Schule eine haben, dabei funktioniert das mit Jungs ja genauso gut!

Ja, ich schätze, Francesco ist mein bester Freund.

»Ich bringe was zum Trinken mit!«, ruft sie zurück.

Wenig später machen sie es sich in Francescos Boot mit einer Isomatte, Sofakissen, Orangensaft und Schokocroissants gemütlich.

»Wie geht's deinem Rücken?«, fragt Francesco.

»Pfoah!«, macht Oceana und kneift die Augen zusammen. »Hab gestern Nacht noch versucht, Pflaster draufzukleben, aber ich hab genau wie dein Bruder hinten keine Augen. Außerdem hatten wir nur so kleine und geklebt haben die auch nicht richtig.«

»Tadaaa!« Wie auf Kommando holt Francesco eine Packung Pflaster in Maxi-Größe aus einer Apotheken-Tüte.

»Hast du die extra für mich …?«, ruft Oceana, aber Francesco schüttelt den Kopf.

»Nee, mir war nur vorhin nach Pflasterkaufen, kann man immer brauchen«, antwortet er.

»Dann ist ja gut«, erwidert Oceana, dreht sich um und zieht ihr T-Shirt hoch. »Vielleicht könnte ich zwei, drei haben?«

Francesco stöhnt. »Oje, das tut ja schon beim Hingucken weh. Und in den nächsten Tagen wird dein ganzer Rücken voller Hämatome sein.«

»Hämatome?«, wiederholt Oceana.

»Blaue Flecke. Und grüne. Und lilafarbene. Und alle werden irgendwann schildkrötenrotzgelb.«

Oceana lacht und Francesco löst die Plastikstreifen von einem weiteren Pflaster. »Gut, dass ich die Familienpackung genommen habe … So, fertig. Du siehst jetzt ein bisschen aus wie eine Mumie.«

»Fühlt sich auch so an«, sagt Oceana. »Wirst du mal Arzt?« Sie stopft das Shirt wieder in die Hose.

»Auf alle Fälle«, erwidert Francesco. »Und du?«

»Keinen blassen Schimmer. Seit ein paar wenigen Stunden haben sich meine Auswahlmöglichkeiten in einem gewissen Berufsfeld rund ums Thema Wasser ja enorm vergrößert.«

»Und wie ist jetzt der Plan?«, fragt er. »Rund ums Thema Wasser?«

»Wir gehen zur Polizei und zeigen Pietro an, wegen Beihilfe zum Raub und die beiden anderen Typen wegen Ruhestörung und Planung eines Überfalls oder wie das alles heißt und dann lassen wir die Erwachsenen den Rest regeln, genau wie sich das gehört und wie es vernünftig ist. Das Ganze muss aufhören, schließlich bin ich gestern fast ertrunken.«

Francesco runzelt die Stirn und sieht Oceana fragend an. »Ernsthaft?«

Oceana legt den Kopf zurück und schließt die Augen. Das Boot schaukelt sanft in den Wellen, die die anderen Boote und Gondeln im Kanal verursachen. Sie atmet tief ein und lauscht noch für einen kurzen Moment Venedigs geschäftigem Gebrause an einem perfekten Sonnensamstag im Mai. Dann richtet sie sich wieder auf und grinst.

»Mein voller Ernst. Aber da die Polizeistation geschlossen ist, wie wir gestern gesehen haben, geht das ja leider, leider so auf die Schnelle nicht.«

Francesco prustet los. »Ich wusste nicht, ob ich entsetzt oder froh sein sollte, dass du plötzlich so vernünftig geworden bist.«

Statt einer Antwort deutet Oceana auf zwei Männer, die über die Brücke kommen. Sie tragen die dunkle Uniform einer Sicherheits-Firma. SECURITY steht in reflektierender Schrift auf dem Rücken ihrer Westen. Einer der beiden spricht in ein Funkgerät.

»Die haben sogar einen Security-Dienst engagiert, um die Rückfront vom *Museo* zu überwachen«, flüstert Oceana. »Und quasi unser Haus mit dazu. Da hat man als normaler

Einbrecher keine Chance. Schon schlau, die Sache mit dem Wassertunnel …«

»Die sehen ganz schön gefährlich aus, wie sie da so patrouillieren«, sagt Francesco. »Hat der eine einen Schlagstock und eine Waffe am Gürtel? Irgendwie ist das alles kein Spaß mehr.«

»Nee«, bestätigt Oceana. »Aber wir sind ja auch nicht die Bösen. Wahrscheinlich wird gerade die Perle angeliefert«, überlegt Oceana ins Schaukeln des Bootes hinein. »Da, schon wieder die *Carabinieri*, sind jetzt schon zum dritten Mal den Fluss entlanggefahren.«

»Siehst du, es wimmelt nur so von Sicherheitsleuten, wie willst DU denn da einen Raub verhindern? Du kannst schlecht durch den Flutraum einsteigen und warten, dass dir der Dieb die Türen aufschließt und ihr dann gemeinsam vor der Vitrine die Sache ausdiskutiert … Obwohl …«, Francesco lacht, »ich wüsste schon, wer da gewinnen würde.«

Oceana grinst vielsagend.

»Warte! Was wäre mit einem anonymen Anruf? Wir können doch sogar Namen nennen! Und sagen, wir hätten gehört, wie sie den Raub planen … bei deinem Onkel … ähm …« Francesco denkt nach. »Wir könnten deinen Onkel aber natürlich auch rauslassen und sagen, du hättest es zufällig auf der Baustelle gehört, als du deinen Onkel mal abholen wolltest«, schlägt Francesco vor. »Und dann werden die schon

wissen, was zu tun ist … Die beiden Idioten laufen denen doch voll in die Arme! Oder schwimmen, je nachdem.«

»Vergiss es!«, winkt Oceana ab. »Du weißt doch selbst, wie das läuft: Da ruft ein Kind an und erzählt 'ne komplett irre Räubergeschichte, die wir uns ja nicht mal selbst glauben würden. Der *Commissario* sagt höchstens, ich soll die Finger von den Computerspielen lassen und die Notfallnummer nicht mit Bullshit-Anrufen blockieren.«

»Ja, kann schon hinkommen«, gibt Francesco zu. »Also, wie machen wir's?«

»Na endlich!«, jubelt Oceana. »Ich dachte, du fragst nie …«

»Wollen wir das auf *Murano* besprechen? Ich fahr uns rüber. Meine Tante hat da einen *Gelati*-Laden, ich hab All-you-can-eat-ohne-zu-bezahlen-Status bei ihr.«

»Echt jetzt?«, fragt Oceana.

»Sie macht das beste Eis in ganz Italien«, versichert Francesco.

»Und das sagst du erst jetzt?!«, ruft Oceana und klettert aus dem Boot.

Die beiden schlendern zum Anleger *Fundamente Nove*. Die Fahrt mit der *Linea 4* zur Insel dauert zwanzig Minuten und Oceana kann es jede einzelne Sekunde davon nicht fassen, wie angstfrei sie mitten auf dem Meer unterwegs ist. Während die Sonne die Wellen zum Glitzern bringt und die weiße

Gischt der Fähre ein paar neugierige Möwen anlockt, fühlt sich Oceana so frei und gut gelaunt wie schon sehr lange nicht mehr.

Kurz darauf sitzen sie mit einer frisch gebackenen Waffel voller köstlicher Eissorten, Karamellsoße und Schlagsahne an einem Steg, und Oceana weiht Francesco in ihren nagelneuen Plan ein, den sie sich mehr oder weniger gerade eben erst ausgedacht hat.

Und deshalb kommt sie auch nur ein paar Sätze weit, bis sie von Francesco das erste Mal mit einer ungläubigen Nachfrage unterbrochen wird ...

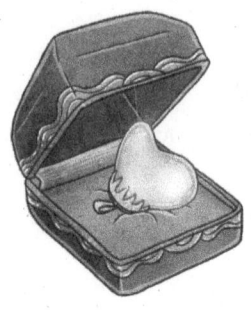

KAPITEL 14

»Du hast WAAAAS in deinem Zimmer?«, ruft Francesco und reißt die Augen auf.

Oceana zuckt mit der Schulter. »Ja, ich hab's zufällig entdeckt. Also die Tauben, um genau zu sein. Sie heißen Marco und Polo. Sie wussten auch als Erste von ... egal. Ja, es ist wirklich ein Fenster. Also eins vom *Museo*. Aber aus der Gasse haben sie ja unser Haus gemacht. Wahrscheinlich wurde es einfach übersehen und nicht zugemauert. Ist ja auch ganz schön weit oben. Sechs Meter vielleicht.«

»Und da bist du immer hochgeklettert?«, hakt Francesco nach.

»Manchmal. War super einfach. An der Kletterwand an der Schule kann ich's mit nur einem Arm nicht gut, aber bei mir sind die Vorsprünge genial angeordnet. Wenn man durchs Fenster klettert, kommt man aber nur in so eine Art Dachboden, bisschen Gerümpel, nix Besonderes. Mir war das zu unheimlich. Und dann hab ich's irgendwann mit Backsteinen zugestellt, weil ich Angst hatte, dass Gespenster rausfliegen ...«

Francesco schüttelt ungläubig den Kopf. »Okay, das heißt, du kannst theoretisch ins *Museo* rein- und rausspazieren wie du möchtest? Hat dich das nie gereizt? Wenn ich früher mit meinen Eltern auf dem Festland war, sind wir immer in diesen riesigen Spielzeug-Shop. Oh Mann, was hab ich mir gewünscht, den mal ganz für mich allein zu haben! Einmal …«, Francesco senkt die Stimme, »hab ich mich sogar absichtlich versteckt, weil ich dachte, wenn sie mich nicht finden, fahren sie ohne mich nach Hause und ich hab die ganze Nacht zum Spielen. Und dann …«, Francesco lacht, »haben sie mich tatsächlich nicht gefunden und ich bin total panisch geworden!«

Oceana grinst. »Du Armer! Aber hast du mal drangedacht, dass deine Eltern dich vielleicht gar nicht finden *wollten*?«

»Ja! Das hat Lorenzo auch immer gesagt, wenn er mich ärgern wollte: Schade, dass du nicht für immer verloren gegangen bist, dann hätte ich endlich meine Ruhe.«

Francesco und Oceana lachen.

»Ich hoffe, ich passe überhaupt noch durch«, fällt Oceana ein. »Aber ich glaub schon.«

»Aber warte mal«, ruft Francesco. »Die Tür vom Speicher, die runter ins *Museo* führt, ist doch bestimmt abgeschlossen.«

»Ist sie, aber nur mit so 'nem kleinen Vorhängeschlösschen. Ich könnte einfach meinen Arm anziehen und nehme 'ne Stange mit, die stecke ich in das Vorhängeschloss und würge und drehe es mit beiden Händen bis es, *Paff!*, aufspringt!«

»Aha«, sagt Francesco. »Und an was für 'ne Stange hast du gedacht? Mein Teleskop-Stab ist dafür zu biegsam, mit dem kann man nur Leute vorm Ertrinken retten …«

»Ehhhm, ja«, sagt Oceana. »Also ich habe an etwas aus Eisen gedacht, von deinem Bruder aus der Werkstatt. Ein Schraubenzieher vielleicht?«

»Okay«, sagt Francesco. »Holen wir auf dem Rückweg.«

»Gut, weiter. *Knirsch!*, das Schloss liegt also in Trümmern und ich gehe runter. Dann verstecke ich mich, warte, bis der Taucher kommt und *knacks!*, löse ich Alarm aus. Da gibt's doch bestimmt diese kleinen Glaskästchen mit dem Knopf zum Drücken wie bei uns an der Schule …«

»Und wenn die keine –«, beginnt Francesco.

»… dann halte ich mein Feuerzeug an einen Rauchmelder«, sagt Oceana. »Wui, wui, wui, Schrillalarm und Sprinkleranlage, und kurz darauf kommt die Polizei! Waffen fallen lassen! Runter, auf den Boden! Hände über den Kopf! Und … Fall erledigt.«

»Du guckst zu viel Netflix«, lacht Francesco.

»Wir haben gar kein Netflix«, sagt Oceana. »Und? Was hältst du davon?«

»Geht wohl nicht anders«, gibt Francesco zu. »Und was mache ich?«

»Na, es geht ja noch weiter. Falls dieser Luigi es doch schafft, mit der Perle zu flüchten, dann muss ich ihn natürlich ver-

folgen. Ich unter Wasser, du über Wasser. Dann kannst du der Polizei genau berichten, wo er an Land gegangen ist und *prego*, wird er dort verhaftet.«

»Und woher weiß ich, wo ihr langschwimmt? Du bist unter Wasser praktisch unsichtbar und nachts erst recht.«

»Hm …« Oceana bröselt nachdenklich einem Schwarm Minifischchen den Rest der Waffel ins Meer.

»Du bräuchtest einen Schwimmer!«, ruft Francesco. »Wie beim Angeln. Das sind diese kleinen Dinger, die man an der Leine befestigt, damit man sieht, wo sie im Wasser hängt und ob ein Fisch angebissen hat.«

»Schlau!«, lobt Oceana und zeigt aufs Wasser. Dort dümpelt gerade eine Plastikflasche vorbei. »Und schau mal, da schwimmt die Lösung! Wir müssten noch welche zu Hause haben, dann binde ich 'ne Schnur um die Flasche und das andere Ende um den Bauch, gut?«

Francesco nickt. »Okay, aber du verfolgst nur und greifst nicht ein. Versprochen? Wenn der Typ dich erkennt, bist du geliefert. Er hat die Millionen ja schon so gut wie in der Tasche, ich glaube nicht, dass er dann zimperlich sein wird … Also Alarm und dann Rückzug. Die *Carabinieri* sind bestimmt sofort da und der Typ wird an Ort und Stelle verhaftet.«

»Okay.« Oceana kommt ächzend auf die Beine. »Wir haben einen Plan!« Oceana hält Francesco die Hand hin, und er schlägt ein. »Da, die Fähre! Ich glaub, wir müssen rennen …«

Auf dem Rückweg nach Venedig fühlt sich Oceana sogar noch besser als auf dem Hinweg.

Heute ist einer der schönsten Tage der Welt, denkt sie und beschließt, Francesco diesen Gedanken vielleicht irgendwann mal mitzuteilen. Aber im Moment behält sie ihn ganz allein für sich, denn er fühlt sich an wie ein wohltuendes, heilendes Riesenpflaster für die Seele.

Nachdem Francesco seinem Bruder einen nagelneuen, noch verpackten Hightech-Schraubenzieher stibitzt hat, mit dem man Oceanas Einschätzung nach vermutlich auch NASA-Raumfähren reparieren könnte, fährt er sie nach Hause.

Pietro sitzt in der Küche am offenen Fenster und liest in der *Il Gazzettino*. Auf dem Herd steht Miss Mokka, die kleine, silberne Espressomaschine, und blubbert vor sich hin, von irgendwo hört man einen Kanarienvogel seine Arie schmettern. Oceana gähnt und Pietro blickt auf. Er hat dunkle Ringe unter den Augen und sieht aus, als ob er geweint hätte. Oceana fühlt den altbekannten Stich im Magen.

»Hey Ozzy, du siehst müde aus, ist alles okay?«, fragt Pietro und Oceana nickt.

»Dasselbe könnte ich dich fragen«, murmelt sie unsicher.

Wie kann man so unterschiedliche Gefühle für ein und denselben Menschen haben? In einer Minute glaubt sie, Pietro würde sie um ihr Erbe betrügen wollen und in einem Millionenraub mit drinstecken und in der anderen Minute tut er

154

ihr schrecklich leid und es fühlt sich gut an, dass er nach ihr fragt. Am liebsten würde sie ihn umarmen.

»Ach das«, sagt Pietro, »ist nur 'ne Pollenallergie. Ich glaube«, er zeigt auf den Topf mit Rosmarin, der auf dem Fensterbrett ums Überleben kämpft, »ich bin allergisch gegen Petersilie.«

»Das ist aber Ro…«, fängt Oceana an, »… blöd«, sagt sie stattdessen. »Ich leg mich mal hin, könnte sein, dass ich durchschlafe bis morgen. Einfach nicht wecken, ja? Wahrscheinlich hab ich 'ne Erkältung. Kannst du in den Topf mal etwas Wasser gießen?«

Pietro nickt und raschelt mit der Zeitung. »Mach ich, alles klar, gute Besserung. Ich … ich geh heute auch früh ins Bett.«

»Okay, dann bis morgen«, sagt Oceana, greift unauffällig nach der Taschenlampe am Haken und huscht in ihr Zimmer.

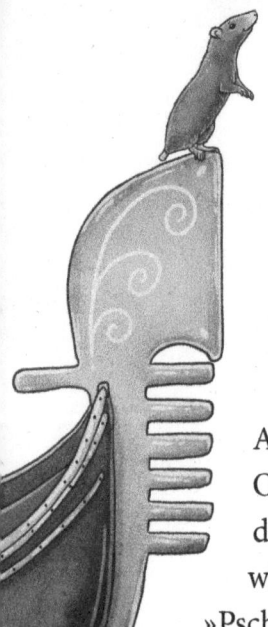

Kapitel 15

Als ein paar Stunden später der Wecker klingelt, ist Oceana sofort hellwach. Ihr Herz beginnt beim Gedanken an das bevorstehende Abenteuer prompt wie wild zu schlagen.

»Pschuh, pschuhhh …«, macht Oceana, um sich zu beruhigen.

Sie sieht aus dem Fenster. Über Venedig geht die Sonne unter und taucht seine Häuser und Palazzos in romantisches Lavendellicht.

Hach, entzückend, denkt Oceana theatralisch, doch dann entdeckt sie die beiden Security-Männer, die immer noch am Kanal patrouillieren. »Dann mal los. Zuerst die Tarnung …«

Mit dem Haken holt sie ein Kostüm von der Stange. Es ist eine Fantasiemischung aus Pierrot und Harlekin und als Ganzkörperanzug geschnitten. Es liegt hauteng an und hat sogar eine Kapuze, die an Land ihre auffälligen Haare verdeckt. Dazu wählt Oceana Turnschläppchen aus Leder. Sie machen beim Laufen so gut wie kein Geräusch und werden sie auch beim Schwimmen nicht behindern.

Oceana knipst das Lämpchen über dem Schminktischchen an und beginnt mit dem typischen weiß-schwarzen Make-up des Pierrots. Normalerweise trägt sie als Harlekinpierrot noch eine kreisrunde Halskrause aus steifem, weißem Tüll und je nach Laune eine Weste aus Federn oder einen auffälligen Hut, aber all das kommt für die heutige Mission nicht infrage. Als sie den Lichtpunkt auf die Träne unterm Auge gesetzt hat, betrachtet sie sich zufrieden im Spiegel. Für einen kurzen Moment erwägt sie, sich doch noch für ein paar Minuten ins Fenster zu setzen – derart romantische Fotos lieben die Spaziergänger –, aber wahrscheinlich ist es klüger, heute nicht noch zusätzlich Aufmerksamkeit auf sich zu ziehen. Sie steckt den Schraubenzieher in den Gürtel und fixiert ihn mit einer zusätzlichen Runde Paketklebeband am Oberschenkel, damit er ihr beim Klettern nicht herunterfallen kann. Dann wickelt sie meterweise Wolle von einem Knäuel, knotet das eine Ende um eine leere Plastikflasche, das andere Ende um ihren Bauch und klebt das Ganze dann auf den Rücken.

Schließlich ist die Prothese dran. Natürlich ist es ein Risiko, ausgerechnet heute Nacht zum ersten Mal mit dem zweiten Arm zu schwimmen, falls sie den Taucher verfolgen muss, aber Oceana weiß, dass sie zum Klettern und Rennen und was auch immer noch auf sie zukommen wird, eine perfekte Körperbalance braucht. Und das geht besser mit zwei Armen. Sorgfältig zieht sie den Ärmel des Kostüms über der Prothese zurecht und rollt zur Lockerung mit den Schultern. Die Zerrung im Nacken ist zu einem beißenden Dauerschmerz geworden und als das Gewicht der Prothese an der Schulter hängt, macht es das nicht besser.

»Egal«, sagt Oceana und schlägt ein paarmal kräftig die Hände zusammen.

Der künstliche Arm fühlt sich an wie ein zuverlässiges Werkzeug und ein guter Freund gleichzeitig, und Oceana ist gar nicht unfroh über dieses Gefühl von Sicherheit und Stabilität.

Sie verschließt die Zimmertür von innen und will gerade das Handy einstecken, als ihr einfällt, dass ein möglicher Tauchgang dem Gerät nicht wirklich guttun würde.

Kommando Pesca *startet. Bin jetzt offline, Handy muss hierbleiben wegen vielleicht Schwimmen*, tippt sie stattdessen.

Mist, kommt postwendend zurück, *hab ich nicht dran gedacht. Wie fühlt man sich so komplett analog??? Viel Glück!*

Oceana überlegt. Wieder meldet sich ihr Herz mit einer Salve an schnellen Schlägen. Sie stellt das Handy auf lautlos und legt es auf den Schreibtisch. Dann streichelt sie Sporco, der in ihrem Stiftekarton schlummert, und flüstert: »Sehr lebendig fühlt man sich.«

Nachdem sie die Lampen gelöscht hat, steht sie für einen Moment still im dunklen Zimmer.

»Mama, ich werde nicht zulassen, dass die Perle schon wie-

der verschwindet, okay? Pass vielleicht ein bisschen auf mich auf.« Sie knipst die Taschenlampe an, steckt sie in den Mund und erfasst mit der Hand den ersten Vorsprung.

Als Oceana beim Taubenfenster angekommen ist, keucht sie vor Anstrengung. Speichel fließt ihr aus dem Mund und macht es schwierig, die Taschenlampe mit den Zähnen festzuhalten. Außerdem schmerzt der Kiefer.

»Cheiche, ich hag ngich ang gie Keinge gegacht«, nuschelt sie an der Taschenlampe vorbei und nimmt einen der Backsteine in die Hand. Oceana zögert … In den Speicher reinfallen lassen, macht zu viel Lärm … Oceana sieht ins Zimmer zurück, zielt und wirft ihn aufs Bett hinunter. Zum Glück schläft Sporco immer noch in den Stiften. Als alle fünf Ziegelsteine weich gelandet sind, lehnt sich Oceana mit verdrehtem Oberkörper tief ins Taubenfenster hinein, um irgendwo Halt zu finden. Die dicke Schicht Taubenkacke kitzelt in der Nase und bei einem gewaltigen Nieser spuckt Oceana die Taschenlampe aus. Mit einem dumpfen Knall fällt sie zu Boden.

»Suuuper«, jault Oceana und schnieft, während sie sich durch das Loch windet und dabei die Kacke über das gesamte Kostüm schmiert.

»Das ist so eklig«, japst sie und schafft es im letzten Moment, sich die Nase zuzuhalten, um ein erneutes Niesen zu unterdrücken. »Ich dachte, ihr pennt hier, dabei ist das euer Klo?« Ohne Taschenlampe kann Oceana nicht einschätzen,

wie weit die Entfernung zum Boden ist und rudert mit den Armen in der Luft herum. »Verdammt noch mal, wie bin ich denn früher hier reingekommen?«, flucht sie, als sie mit einer Hand endlich die staubigen Bretter berührt und sich höchst unelegant auf den Dachboden des *Museo* plumpsen lässt. Sie findet die Taschenlampe, doch sie gibt nur noch ein goldgelbes Glimmen von sich und erlöscht endgültig, als Oceana sie ungeduldig schüttelt.

Oceana schließt die Augen. »Bin jetzt drin Punkt«, murmelt sie, als ob sie eine Nachricht diktiert. »Es läuft alles wie geschmiert Punkt. Aufstieg und Einstieg absolut völlig ohne Probleme und kinderleicht Punkt. Selbstverständlich habe ich auch an neue Batterien gedacht und die Taschenlampe leuchtet wie der reinste Vollmond, haha. Nein!!!«, japst Oceana und schlägt sich die Hand vor die Stirn. »Jetzt fällt's mir ein, ich hab auch das Feuerzeug vergessen ...«

Als Oceana die Augen wieder öffnet, haben sie sich an das spärliche Licht, das durchs Taubenfenster, besser gesagt Taubenklo fällt, gewöhnt. Wenigstens kann sie jetzt die Speichertür auf der anderen Seite des Raumes erkennen und bewegt sich tastend darauf zu. Als sie mit den Fingern durch die Sparren greift, stellt sie erleichtert fest, dass wenigstens das kleine Schlösschen immer noch dort hängt, genau wie sie es in Erinnerung hatte.

»Dann also mit Gewalt«, flüstert sie, wickelt das Klebe-

band vom Bein und führt den Schraubenzieher durch den Spalt zwischen den Brettern. Anschließend quetscht sie die Prothese durch eine weitere Lücke. Millimeter für Millimeter schiebt Oceana den Schraubenzieher weiter, bis die Spitze haarscharf über der Verbindung zwischen Tür und Schloss herumwackelt. Doch sie trifft nur auf Metall, der Winkel will einfach nicht stimmen.

»Ganz ruhig«, murmelt sie. »Noch mal …« Wieder und wieder versucht Oceana ihr Glück. Sie weiß nicht, wie viel Zeit inzwischen vergangen ist, doch gerade in dem Moment, als die Glocken von *San Marco* eine volle Stunde schlagen, gleitet das Werkzeug endlich hindurch.

»Oh Gott sei Dank«, japst Oceana.

Sie legt die Hand der Prothese um das Ende des Schraubenziehers und umschließt gleichzeitig mit der anderen dessen Griff. »Jetzt drehen, drehen, drehen …« Oceana ächzt. Das grobe Holz der Brettertür schneidet ihr in den Unterarm. »Wenn jetzt kein Widerstand kommt, kann ich's vergessen«, quetscht sie zwischen zusammengebissenen Zähnen hindurch. Doch mit einem Mal kann sie tatsächlich Druck auf das Schloss ausüben. »Hebelwirkung, Hebelwirkung, komm schon, das ist Physik, das MUSS klappen, verbieg dich, spring ab, knack auf, aber tu was!«, beschwört sie das Schloss. Gleichzeitig drückt sie sich mit aller Kraft gegen die Tür. »Ich trete dich ein, wenn's sein muss«, faucht sie, nimmt, soweit es geht,

Abstand und wirft sich mit der Schulter dagegen. Gleichzeitig dreht sie den Schraubenzieher. Da gibt das Vorhängeschloss nach und Oceana taumelt mit der aufschwingenden Tür nach draußen. Heftig atmend stützt Oceana die Hände auf die Knie, um kurz zu verschnaufen.

»Also, wo bin ich …?«, murmelt sie.

Ein kleiner Treppenabsatz führt in die unteren Etagen.

Kein Laut ist zu hören. Oceana schleicht los.

Nach wenigen Stufen kann sie auch wieder etwas sehen. Über Venedig ist die Sonne zwar längst untergegangen, aber die prachtvolle Beleuchtung des Palazzos schimmert durch die Fensterläden. Als Oceana die knarzenden Holztreppen hinabgehuscht ist, spürt sie sofort die Kälte des Marmors durch die Schläppchen kriechen.

»Das fühlt sich doch schon mal richtig museumig an«, murmelt sie und huscht weiter.

Zur Orientierung spickt Oceana aus einem der riesigen Fensterbögen auf der Etage und stellt fest, dass sie sich immer noch zu weit oben im Palazzo befindet. Um in den Ausstellungsraum zu gelangen, muss sie noch viel weiter runter.

Im nächsten Stock weitet sich das Treppenhaus mit einem Mal zu einem gigantischen Eingangsbereich.

»Woah! Ja, hier bin ich richtig«, murmelt Oceana und läuft staunend an unzähligen, prächtigen Gemälden und Fresken vorbei, die in schwindelerregender Höhe überall an Wän-

den und Decken zu sehen sind. Das Licht der zahlreichen Scheinwerfer erhellt die Innenräume, deren pure Schönheit und Fülle Oceana kurz innehalten lassen. Ringsum sind Statuen und Büsten zu bewundern, es gibt zahlreiche, verschnörkelte Kamine, reich verzierte Betten, Teppiche, Spiegel und Mobiliar. Das *Museo* quillt vor kostbaren Schätzen nur so über und für einen kurzen Augenblick stellt Oceana sich vor, wie es sich angefühlt haben muss, vor ein paar Hundert Jahren als *Famiglia Grimani* in dieser Pracht gelebt zu haben. Oceana kommt ihr Schlauchzimmer in den Sinn und sie kann sich im letzten Moment zurückhalten, auszuprobieren, ob es hier wohl ein Echo gibt. Doch dann erinnert sie sich wieder an ihre Aufgabe und wirbelt im Kopf die Skizze des Ausstellungsplans so umher, dass sie klar vor Augen hat, an welcher Position in den Räumlichkeiten des *Museo* sie sich im Moment befindet. Oceana hat zwar vergessen, wie der Raum heißt, in dem die Perle ausgestellt werden soll, aber sie erinnert sich daran, dass er mit einer Art rot-weiß gestreiftem kreisrundem Bodenbild dargestellt war, in dessen Mitte die Vitrine stehen soll.

»Und ringsum lauter Nackte, wie überall hier«, wispert Oceana grinsend.

Das Museum ruht starr und schweigend, und doch scheint es Oceana, als ob ein beständiges Flüstern und Wispern zu hören sei und Hunderte Augenpaare sie verfolgten. Sieh her,

wie schön ich bin! Sieh her, wie kostbar ich bin! Sieh her, was für eine Architektur, Kultur, Vergangenes, Totes …!

Oceana wird schwindelig. »Ich glaub, Museen sind nix für mich«, stellt sie insgeheim fest. Ihr ist unbehaglich zumute. »Als ob massenweise Leute durch mein Schlauchzimmer pilgern und immer so: Aha, da hat sie geschlafen, aha, da hat sie Hausaufgaben gemacht, aha, da hat sie immer ihre benutzten Taschentücher hinters Bett fallen lassen. Und hier: Der ausgestopfte Sporco …« Oceana schüttelt sich.

Vorsichtig pirscht sie sich an den nächsten Saal heran. Als sie sich um die Ecke drückt, steht sie direkt vor den Brüsten einer weiblichen Statue.

»Ups, sorry«, entfährt es Oceana überrumpelt und viel zu laut. Mit klopfendem Herzen lauscht sie in die Stille, doch alles ist ruhig.

Da, auf dem Boden des Saals fächert sich tatsächlich ein gigantisches, rot-weißes Marmormuster auf!

Oceana schießt das Blut in die Ohren und pulsierendes Rauschen dröhnt durch ihren Kopf. Ihr Körper scheint schneller als sie selbst verstanden zu haben, was das zu bedeuten hat: Nur wenige Meter entfernt ist sie, die *Perla di Pesca*, die rosafarbene Kaugummi-Perle ihrer Mutter Marina.

Kapitel 16

Die Härchen auf Oceanas Arm stellen sich auf. Augenblicklich fühlt sie sich wie das kleine Mädchen im gelben Badeanzug aus ihrem Traum: an einem warmen Sommertag am Strand, alles ist leicht und genau so, wie es sein soll. Wie gerne würde sie jetzt in die Mitte des Saales stürmen, um sich die Perle anzusehen und sich für immer und ewig von den Erinnerungen an den funkelnden Anhänger am Hals ihrer Mutter wärmen zu lassen. Oder sie einfach selbst zu stehlen – wo sie schon mal hier ist …

»Du spinnst doch!«, faucht Oceana. »Du bist völlig irre! Wehe, du denkst noch mal dran, die Perle zu stehlen …« Oceana rollt mit den Augen, mit einem Mal kommen ihr nicht nur ihre Gedanken, sondern die gesamte Aktion völlig bescheuert vor. »Und überhaupt, wie komme ich bloß auf den Gedanken, ich könnte einen Raub verhindern?« Oceana schlingt die Arme um sich. In ihrem Magen braut sich ein scheußliches Gefühl zusammen und mit kaltem Schreck fällt ihr ein, dass sie die ganze Zeit nicht nach irgendeinem Alarmknopf Ausschau gehalten hat! Was, wenn der Taucher schon im Gebäude ist? Oceana kauert sich hinter eine Statue und tastet mit ihrem Blick die Wände ab. Vergeblich.

»Das kann doch wohl nicht wahr sein, dass es in diesem Museum keine Feuermelder gibt! Vielleicht weil Marmor nicht brennt?« Oceana verzieht gequält das Gesicht. »Bitte, bitte, jetzt nicht aufs Klo müssen«, betet sie und versucht, das Rumoren zu unterdrücken, das in ihrem Darm herumdonnert. Oceana stöhnt. »Nee, das funktioniert nicht. Ich geh nach Hause! Francesco hat recht, das hier ist echt 'ne Nummer zu groß. Kompletter Schwachsinn der Plan, wie konnte ich –«

Da wird es plötzlich stockdunkel.

Im Museum.

Und in Venedig.

Nur die Wegweiser zum Notausgang glimmen noch als kaltweiße Würfel an der Wand.

Oceana hält vor Schreck die Luft an und kneift den Po zusammen. Brütende Schwärze hat sich über den Saal gelegt. Ob das auf die Rechnung des Tauchers geht? Oceana atmet flach durch den offenen Mund und steht bewegungslos. Das Knurren ihres Bauches hört sich an, als käme es durch einen Lautsprecher. Beruhigend legt Oceana ihre Hand darauf und kreist in Uhrzeigerrichtung darauf herum.

Da. War da nicht ein Geräusch?

Doch.

Er kommt!

Ein schabendes Klicken ertönt, vielleicht wird eine Tür geöffnet oder aufgeschlossen, die enge Kapuze reibt an Oceanas Ohren und verfälscht die Laute. Oceana lässt den linken Eingang zum Saal nicht aus den Augen. Der kürzeste Weg vom Flutraum führt dort hinein …

Tatsächlich nähert sich nach wenigen Sekunden ein blasser Lichtschein.

Ich schaffe das, beruhigt sich Oceana in Gedanken und registriert dankbar, dass sich ihr Darm wieder einigermaßen beruhigt hat, als im Eingang tatsächlich eine schemenhafte, hagere Gestalt auftaucht. Doch anders als erwartet, eilt Luigi nicht zügig und zielstrebig zur Empore mit der Perle, sondern verharrt zögernd dort, als wisse er nicht so recht, wohin als Nächstes. Das Licht seiner Taschenlampe irrlichtert über die Statuen und Oceana schließt die Augen, um nicht geblendet zu werden. Als ihr Versteck wieder im Dunkeln liegt, lugt sie vorsichtig an der Figur vorbei.

Schlagartig wird Oceana bewusst, wie grundlegend sich die Situation in den letzten Sekunden geändert hat! Denn ohne die Möglichkeit, Alarm auszulösen, wird sie Luigi, sobald er sich irgendwann in diesem Leben noch dazu überwinden wird, die Perle zu stehlen, doch unter Wasser verfolgen müssen.

Und da passiert es endlich. Er scheint sich zum Handeln entschlossen zu haben, denn die Glashaube über der Perle liegt nun im Schein seines Lichtkegels. Langsam läuft er nun darauf zu.

Doch da stutzt Oceana.

Umringt von den weißen Statuen, die das Taschenlampenlicht bündeln und zurückwerfen, ist der Einbrecher zum ersten Mal deutlicher zu erkennen.

Das ist er gar nicht! Oceana japst innerlich. Das ist ganz sicher nicht der große, kräftige Luigi von gestern, den ich verfolgt habe! Dieser Mann hier ist schmächtig und Oceana bemerkt, dass er auch keinen Taucheranzug trägt, sondern bloß dunkle Klamotten, also Badeshorts und ein langärmeliges Shirt, die bereits große Wasserlachen auf dem Boden hinterlassen haben. Gesicht und Haare werden durch eine Skimaske verdeckt und in der Hand hält er eine kleine, unscheinbare Pressluftflasche, die nicht annähernd an Luigis Profiteil mit dem auffallenden Haiaufkleber drankommt.

Und es ist auch nicht Pino, der hat einen Kugelbauch!, schießt es Oceana durch den Kopf. Ihre Gedanken spielen verrückt. Was bedeutet das bloß, bitte schön? Kommt der echte Taucher gleich hinterher? Oder ist der klitschnasse Badegast hier so was wie 'ne Notfallbesetzung?

Der Mann beginnt nun, langsam die Vitrine zu umrunden. Seine nassen Turnschuhe geben quietschende Seufzer von

168

sich, als er sich kurz darauf in Position bringt und die Taucherflasche über seinen Kopf hebt.

Er macht's echt, denkt Oceana fast ungläubig.

Für einen winzigen Augenblick verharrt der Taucher mit der Flasche in der Luft, bevor er sie mit einem kräftigen Schwung auf den Kubus herunterkrachen lässt.

Das hässliche Geräusch des zerberstenden Glases schneidet grell in die Stille des Saals und Oceana zuckt gequält zusammen. Die Scherben knirschen auf dem Marmor, als der Mann an die Säule tritt.

Im Schein seiner Taschenlampe nimmt er die kostbare Perle fast behutsam an sich. Die Zeit scheint für den Bruchteil einer Sekunde stillzustehen und das Bild der Perle zwischen Daumen und Zeigefinger des Diebes brennt sich tief in Oceanas Gedächtnis ein.

Im diesem Augenblick passieren zwei Dinge.

Zuerst schaltet sich eine orangefarbene Notbeleuchtung ein, die den Raum in fahles Herbstlicht taucht.

Kurz darauf stürmen zwei bullige Security-Leute den Saal.

Oceana schreit vor Schreck und krabbelt so weit rückwärts, wie sie kann. Sie erreicht den Samtbehang, der das Gestänge des Rednerpults für die Wiedereröffnung abdeckt und schlüpft hinein. Als Oceana schwer atmend in der dunklen Höhle sitzt und die Beine so eng wie möglich an den Körper gezogen hat, wird sie zwar von einer kleinen Welle der Ent-

 169

täuschung übermannt, dass der Einbrecher nun doch ganz ohne ihr Zutun entdeckt wurde und das Abenteuer wohl jetzt schon zu Ende ist, fühlt aber auch eine große Erleichterung.

»Gut so, ist gut so«, murmelt sie. »Genug Action.«

Aber da hat sich Oceana gründlich getäuscht.

Denn wider Erwarten ertönen weder Schreie noch Brüllen oder andere Festnahme-Geräusche, sondern nur undeutliche Ausrufe und wütendes Schnauben. Was geht denn jetzt ab? Oceana schiebt vorsichtig den Stoff auseinander und lugt hinaus.

Die Security-Leute und der Dieb stehen sich in einer Art Patt-Situation gegenüber. Nur das Knirschen der Scherben verrät, dass die Männer sich in Zeitlupe um die zerstörte Säule bewegen, wie sprungbereite Riesenpanther, während der Taucher die Perle mit kaum merklichen Bewegungen in die Gesäßtasche seiner Hose gleiten lässt und den Reißverschluss zuzieht.

»Worauf wartet ihr noch?«, will Oceana den Bewaffneten am liebsten zurufen, als die Männer endlich genau das tun und sich fauchend von beiden Seiten auf den Taucher stürzen.

Doch was ist das? Es gelingt ihm, auszuweichen, und als einer der Angreifer ihm nachsetzen will, rutscht er auf dem nassen Boden aus und stürzt in die Scherben. Der Mann brüllt vor Schmerz und presst die Hand auf eine offensicht-

lich tiefe Wunde im Oberschenkel, denn Oceana kann sehen, wie Blut zwischen seinen Fingern hervorsprudelt. Irritiert hält sein Kollege in der Verfolgung inne und der Taucher nutzt diesen winzigen Vorteil, um an dem Verletzten vorbei zum Saalausgang zu hasten.

»Halt ihn auf!«, brüllt der Verletzte.

Der zweite Mann reagiert blitzschnell und wirft sich mit einem langen Sprung in Richtung Taucher. Er bekommt dessen Knöchel zu fassen und die beiden Männer krachen zu Boden. Keuchend versucht sich der Dieb zu befreien.

»Ich will diese gottverdammte Perle! Hol mir die Perle!«, brüllt der Verletzte und schiebt sich aus den Scherben.

Das Blut macht den Boden jedoch glitschig und der Mann rutscht immer wieder darin aus. Oceana kann kaum den Blick von dem Spektakel wenden, wie gelähmt starrt sie auf die dunkelrote Pfütze, als die Kampfgeräusche der Männer sie wieder in die Realität zurückholen.

Was hat er da gesagt? Warte … Warte … Die Security-Leute sind gar nicht … echt? Sie haben sich als Sicherheitsleute getarnt? Oder es SIND Security-Männer, die ihre eigenen Pläne haben? Jedenfalls scheinen sie die Perle ebenfalls stehlen zu wollen. Hat sie es jetzt etwa mit drei Räubern zu tun? Oceana schüttelt verwirrt den Kopf und beobachtet, wie der Taucher immer noch hartnäckig versucht, sich von dem auf ihm sitzenden Angreifer zu befreien.

»Wo hast du sie versteckt?«, keucht der Mann und tastet am Körper des Tauchers entlang. Leise fluchend weicht er dessen unbeholfenen Faustschlägen aus und versucht, ihn weiter am Boden zu halten. »Rück sie raus oder ich bring dich um«, droht er und legt eine Hand um dessen Hals.

Der Taucher macht gurgelnde Laute.

»Sprich gefälligst deutlich!«, schreit der Mann, doch sein Gegner windet sich unermüdlich und plötzlich gelingt es ihm, einen harten Hieb so perfekt auf die Nase des Angreifers zu platzieren, dass dieser jaulend seinen Griff lockern muss, als das Nasenbein mit einem Knirschen bricht. Blut schießt hervor. Diese Gelegenheit nutzt der Taucher, um nach der Pressluftflasche zu tasten, die ihm beim Sturz aus der Hand gefallen und weggerollt ist. Mit einem kräftigen Ruck seines Oberkörpers gelingt es ihm, die Flasche am Anschlussventil zu erwischen und zu sich zu ziehen. Er hebelt sie nach oben und schleudert sie auf seinen Feind.

Für diesen kommt der Angriff aus dem Nichts. Der Mann hebt nicht mal die Arme, um sich zu schützen. Ungebremst und mit gewaltigem Schwung prallt die Pressluftflasche gegen seine Schläfe und der Mann sackt augenblicklich mit einem Grunzen zusammen.

Der Taucher befreit sich, rappelt sich auf und stützt keuchend seine Hände auf die Knie. Er taumelt leicht und greift beim Aufrichten nach einer Statue. Als er die Hand wieder

wegnimmt, hat sie einen großen, verschmierten Blutfleck auf dem weißen Alabaster hinterlassen. Der Taucher sieht überrascht auf die Schnittwunde in seiner Handfläche und zieht eine Scherbe heraus.

Diese Handlung kostet ihn fast das Leben.

Denn unterdessen ist der Angreifer wieder zu Bewusstsein gekommen. Auch sein Kollege hat die Blutung irgendwie eingedämmt und tastet mit konzentrierten Bewegungen nach seinem Equipment am Gürtel. In derselben Sekunde, in der der Taucher sich umdreht, um aus dem Saal zu hasten, ziehen beide Männer ihre Waffen.

»STEHEN BLEIBEN ODER ICH SCHIESSE!«, ruft einer. Die Stimme klingt fest und bestimmt.

Oceana presst die Hand vor den Mund, um einen Schrei zu unterdrücken. Sie hat nicht den geringsten Zweifel, dass er oder beide ihre Drohung wahr machen werden.

Der Taucher bleibt stehen.

Langsam dreht er sich um.

Sie haben ihn im Visier, die Schussbahn liegt frei, der Taucher hat keine Chance zu entkommen.

Da lässt er die Pressluftflasche fallen und hebt langsam die Arme.

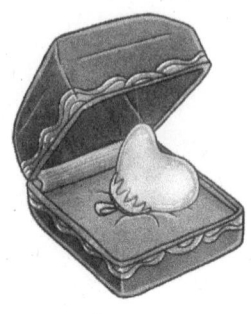

Kapitel 17

Oceana fängt an, viel zu hektisch zu atmen. In ihrem Versteck scheint plötzlich nicht mehr genug Sauerstoff vorhanden zu sein. In ihren Fingerspitzen beginnt es unangenehm zu kribbeln. Am liebsten würde Oceana jetzt einfach nur weinen. Das hier läuft gerade so was von aus dem Ruder! Oceana spürt eine so erbärmliche Angst, dass es sich anfühlt, als würde eine eiskalte Hand ihren Kehlkopf zusammenquetschen – und ihr Herz gleich noch dazu. Nur mühsam schafft sie es, an der klobigen Enge in ihrem Rachen vorbei Luft zu holen.

Doch all dies spielt sich innerhalb eines Wimpernschlags ab, noch immer richten sich die Pistolenläufe auf den Taucher. Oceana hört das schwere Atmen der Männer, die darauf lauern, dass jemand die erste Bewegung macht.

Oder eine falsche.

»Die Perle langsam vor dir auf den Boden legen. Keine Tricks, sonst bist du tot«, presst der Verletzte zwischen zusammengebissenen Zähnen hervor. »Und wenn es das Letzte ist, was ich tue.« Er richtet den Lauf seiner Waffe neu aus, sodass er nun auf die Stirn seines Gegners zielt. »Wird's bald?«

Doch statt der Forderung nachzukommen, beobachtet Oceana mit Entsetzen etwas völlig Verrücktes: Der Taucher dreht langsam seinen erhobenen Arm so, dass er auf die Uhr sehen kann. Dann schüttelt er den Kopf.

WAS??? Warum tut er das? Was interessiert ihn denn jetzt die Uhrzeit? Er wird sterben! Das ist sein Todesurteil!

In diesem Moment reagiert Oceana instinktiv. Sie kann einfach nicht anders. Sie meint, die Schüsse schon zu hören, als sie kreischend und gestikulierend aus dem Versteck stürzt. Dabei verhakt sie sich im Samtbehang, sodass das feierlich mit Blumen geschmückte Rednerpult bombastisch und spektakulär hinter ihr ohrenbetäubend laut zusammenstürzt.

»Nein, nein, nein!«, schreit sie. Ihre Stimme überschlägt sich und klingt in dem großen Saal fremd und seltsam blechern. »Stopp! Stopp!« Oceana brüllt sich in Rage und wütet wie ein Derwisch umher, wedelt mit den Armen, strampelt mit den Beinen, johlt, grölt und stößt seltsame Laute aus, als sei sie völlig weggetreten.

Doch die Überraschung aufseiten der Männer könnte kaum größer sein. Wie Kinder in der Geisterbahn schreien sie vor Schreck auf und Oceana nimmt aus den Augenwinkeln wahr, wie der Taucher geistesgegenwärtig die Verwirrung ausnutzt und in Deckung geht. Oceana tut es ihm nach und duckt sich hinter das umgestürzte Pult. Für die anderen im Raum ist sie so plötzlich verschwunden, wie sie aufgetaucht ist.

Eine Art Erscheinung oder Geist?

»Was war das? Was zum Teufel war das? Wo kommt der Horror-Clown her?«, brüllen die Security-Männer nach einer weiteren Schocksekunde und fuchteln mit den Waffen herum.

Oceana sieht sich suchend um und entdeckt den Taucher. Er ist dabei, möglichst unauffällig zur Tür zu pirschen. Ohne zu zögern setzt Oceana ihm nach.

Zeitgleich peitscht ein Schuss durch den Saal.

Oceana weiß, dass sie geschrien hat, doch sie hört sich kaum selbst, der Knall hat eine Watteschicht über ihre Ohren gelegt.

Ist jemand getroffen worden?

Oceana krabbelt zur Saaltür, als ein zweiter Schuss fällt. Der Kopf einer Statue wird von ihrem steinernen Hals gerissen und zerbirst in tausend Scherben. Wimmernd kauert sich Oceana hinter einem Podest zusammen. In ihren Ohren fiept es. Doch der Taucher scheint nicht erwischt worden zu sein, denn er hastet aus dem Raum und rennt den Gang hinunter.

»Schieß doch, du Vollidiot!«, brüllt einer der Männer. »Er entkommt uns!«

Fast augenblicklich sirrt etwas mit einem leichten Lufthauch an Oceana vorbei. Unmittelbar darauf gerät der Taucher ins Straucheln. Er ist getroffen worden, seine Hand fährt suchend am Rücken entlang – doch wie kann das sein,

Oceana hat keinen Schuss gehört. Da rappelt der Taucher sich wieder auf und rennt weiter.

Oceana sprintet los.

Sie ist viel näher an den Türen als die Angreifer. In wenigen Schritten hat sie es aus dem Saal geschafft. Aber wie kann sie die Verfolger bloß aufhalten, bis sie den Flutraum erreicht hat? Es liegt auf der Hand!

»Einsperren«, japst sie und reißt an den Flügeltüren. Doch sie bewegen sich keinen Zentimeter. »Mist, Mist, Mist«, flucht Oceana als sie unvermittelt mit der großen Zehe gegen etwas knallt. »Auaohmeingott«, jault sie und bemerkt, dass es sich um einen der beiden Holzkeile handelt, welche die Flügel vor dem Zufallen sichern.

Oceana kniet sich auf den Boden und reißt und rüttelt an den Keilen, die sich durch ihren Versuch, die Türen zu schließen, nur noch fester unter den Rand klemmen.

»Komm schon, komm schon«, zischt Oceana.

Jajaja, sie lockern sich, jetzt, jetzt, jetzt kann Oceana sie herausziehen ... Doch wird sie es schaffen, die Türen rechtzeitig zu schließen? Die Männer sind so gut wie da. Doch dann kommt ihr der Zufall zu Hilfe: Auf dem letzten Meter taumelt der Mann mit der Verletzung, rutscht auf den blutigen Fußabdrücken aus und stolpert mitten in seinen Kollegen hinein. Diese Sekunde genügt Oceana, um die Türen zuzuschlagen. Mit einem satten, mechanischen Surren verriegeln sie sich

selbst und die Männer werfen sich noch brüllend und fluchend dagegen. Zu spät.

Oceana rennt los.

Doch nach wenigen Metern bleibt sie ratlos stehen. Wo ist sie denn jetzt gelandet? War sie hier vorhin auch schon? Oceana verharrt und lauscht. Der Taucher ist nicht zu hören. Doch auf ihr Gehör kann sie sich immer noch nicht verlassen, es summt und zischt in ihren Ohren und ganz offensichtlich hat sie auf der Flucht aus dem Saal die Orientierung im Palazzo verloren.

»Wo muss ich hin?«, wispert Oceana. »Wo, wo, wo?«

Mühsam versucht sie, sich auf den Lageplan des *Museo* zu konzentrieren. Doch sie kriegt das Bild nicht vor Augen und gleich werden die Männer sie durch einen der anderen Ausgänge eingeholt haben. »Mama, gib mir ein Zeichen«, flüstert Oceana hilflos und tappt im nächsten Augenblick in eine Pfütze. Feuchtigkeit zieht sich in die Turnschläppchen. »Daaanke!«, haucht Oceana und bückt sich, um zu erkennen, wo die Spur aus Wassertropfen hinführt. Dann folgt sie dem Taucher. Gereizt biegt Oceana bestimmt zu vierten Mal ab und humpelt dann eine Treppe hinunter. »Die Zehe ist gebrochen, ich schwöre«, ächzt sie und stemmt sich gegen eine Metalltür, vor der sie ein paar Tropfen entdeckt.

Und noch bevor sie diese ganz geöffnet hat, weiß sie bereits, dass sie es gleich geschafft hat. Nichts riecht so muffig wie feuchte Wände in Venedig. Am Ende des Ganges verlieren sich die immer spärlicher werdenden Wassertropfen vor einer rostigen Luke. Oceana hat den Zugang zum Flutraum gefunden.

Sie öffnet die Luke wenige Zentimeter und sieht, dass das Wasser im Bassin unruhig hin und her schwappt. Der Taucher kann keinen allzu großen Vorsprung haben. In fliegender Hast klettert sie die Leiter ins Becken hinunter und taucht ins Wasser.

Die unvermittelte Schwärze im Verbindungsgang des Flutraums zum Abwasserrohr trifft Oceana mit voller Härte. Ganz so schnell scheinen sich ihre Augen an die Umstellung nicht gewöhnen zu wollen. Oceana ist heilfroh, dass sie weiß, in welche Richtung sie abbiegen muss, wenn sie dessen Ende erreicht hat. Im großen Rohr wird die Sicht etwas besser und Oceana nimmt die Arme zu Hilfe, um sich an den Tunnelwänden abzustoßen. Die Prothese drückt schmerzhaft auf den Stumpf, doch Oceana kommt so schneller voran. Auf gar keinen Fall darf der Taucher mit der Perle entkommen! Nach einer leichten Biegung, die ihr beim letzten Mal gar nicht aufgefallen war, hat sie den Taucher im Visier.

Er schwimmt ungefähr sechs, sieben Meter vor ihr, auch er wendet eine eher ungewöhnliche Paddeltechnik an, immer wieder stößt er mit den Taucherflossen an die Wände. Ganz anders als sein Vorgänger wirkt er unprofessionell und nicht

sehr geübt. Als er den Ausgang erreicht hat, hält er einen Moment inne und taucht dann nach rechts in den Fluss.

Oceana ist erleichtert, denn diese Richtung führt direkt an Francesco vorbei. Jetzt, wo der erste Teil des Planes nicht funktioniert hat, muss wenigstens der Verfolgungsteil gelingen. Als sie aus dem Rohr taucht, lässt sie die Plastikflasche frei. Diese flitzt an ihrem Wollfaden an die Wasseroberfläche und unmittelbar darauf heftet sich der Schatten eines Bugs an ihre Fersen.

»Jetzt kriegen wir dich!«, feuert Oceana sich an und schwimmt mit kräftigen Zügen los.

Zunächst muss sie hin und wieder ein wenig die Balance austarieren, doch das Schwimmen mit der Prothese ist leichter als gedacht. Dabei hilft ihr auch, dass das Tempo des Tauchers gemächlich ist und Oceana ihm so mühelos folgen kann. Ja, er macht nicht mal den Eindruck, auf der Flucht zu sein.

Oceana sieht nach oben. Durch die Wasseroberfläche sind Lichter zu erkennen. »Und Strom ist auch wieder da.«

Je länger sie den Taucher verfolgt, desto weniger Häuser säumen den Kanal. Sie schwimmen schon seit einer ganzen Weile den *Canale Grande* entlang und die Strömung des Meeres ist deutlich zu spüren. Auch das Wasser wird kälter und schmeckt salzig.

»Urgläh!« Oceana schüttelt sich unwirsch. Wenn der Tau-

cher noch innerhalb von Venedig an Land gehen will, um zu verschwinden, muss es ziemlich rasch geschehen, sonst sind sie bald draußen auf dem Meer.

»Und ganz ehrlich, das wäre nicht so klasse. Also was soll das?«, flucht Oceana.

Noch dazu hat der Taucher seinen Vorsprung ausgebaut, weil Oceana mit Schmerzen im Schultergelenk zu kämpfen hat. Der Stumpf ist es nicht gewohnt, sich derart ausdauernd und gleichförmig zu bewegen. Soll sie nicht besser auftauchen und zusammen mit Francesco im Boot weiterfahren? Nein, das geht nicht, der Taucher ist unmöglich von oben zu erkennen, Oceana *muss* weiterschwimmen. Außerdem scheint auch Francesco langsamer geworden zu sein, sie sieht ihn schon eine Weile nicht mehr hinter sich. Sein Boot hat keinen sehr starken Motor und Oceana hofft, dass er ihr überhaupt folgen kann. Es war schließlich nicht vorgesehen, so lange unterwegs zu sein, und schon gar nicht bis ans Ende der Lagune zu gelangen. Und vielleicht noch darüber hinaus … Oceana kontrolliert die Schnur der Plastikflasche. Es ist kaum mehr Spiel vorhanden, sehr viel tiefer darf sie nicht tauchen.

»Verflucht noch mal, jetzt halt endlich an!«, schimpft Oceana. »Wir sind quasi bald an der Mündung in die Adria, du Blödmann!«

Doch der Taucher hält unbeirrt an seinem Weg fest.

Und der führt aufs offene Meer hinaus, daran besteht kein Zweifel mehr.

Oceana presst wütend einen Schwung Wasser durch die Zahnlücken. Inzwischen hat sie sich an die neue Geschmacksrichtung gewöhnt und spürt nur noch am Brennen der Schürfwunden auf dem Rücken, dass das Wasser immer salziger wird.

Und Oceana immer saurer.

»Spinnt der?«, schreit sie. »Schwimmt mit 'ner Zehn-Millionen-Euro-Perle ins Meer raus?! Was will der denn da?« Vor sich hin brütend schwimmt sie weiter. Da fällt ihr die Lösung ein: Klar, liegt doch auf der Hand, draußen wartet ein Komplize mit einem Boot.

»Grrraaah!«, brüllt Oceana so unvermittelt, dass irgendetwas an ihrem magischen Fisch-System überfordert ist und sie einen Hustenanfall bekommt.

Erschöpft verharrt Oceana an Ort und Stelle und versucht, wieder Ordnung in ihre Atmung zu bekommen. Gegen die Strömung anzuschwimmen, wird immer anstrengender. Unerbittlich und ermüdend reißen und zerren die unbekannten Kräfte des Meeres an Oceana.

Als sie nach unten sieht, breitet sich bodenlose Schwärze unter ihren bunten Pierrot-Beinen aus. Inzwischen erhellt nur noch der Mond das Wasser und Oceanas Augen haben sich immer noch nicht ganz an die neue Umgebung ange-

passt. Auch Flasche und Faden lassen sich kaum mehr erkennen, Oceana kann nur hoffen, dass sie nicht zu tief schwimmt und Francesco sie im Blick hat, falls er überhaupt irgendwo ist.

»Ja, ich weiß, ich sollte die Sache abbrechen«, ruft Oceana und kämpft sich weiter. »Das wäre das einzig Richtige. Aber jetzt aufgeben? So kurz vor dem … Ziel oder was immer der Typ vorhat? Andererseits …« Oceana schwimmt und denkt und hadert. »… andererseits, wenn er wirklich zu einem Treffpunkt schwimmt, dann würden wir von oben das Boot ja sehen und könnten die Polizei informieren. Also doch auftauchen …?« Oceana spinnt die Überlegung weiter. »Noch mal andererseits … Das Meer ist riesig und die Komplizen werden nicht mit Christbaumbeleuchtung ankommen … zack, weg wären sie alle zusammen … Nee, viel zu riskant. Ich zieh das jetzt durch!«

Der Entschluss gibt Oceana neue Kraft und sie schafft es, den Abstand zum Taucher um ein gutes Stück zu verringern.

So geht es weiter, immer weiter, ins offene Meer hinaus.

Doch da geschieht etwas.

Völlig abrupt ändert der Taucher plötzlich seine Richtung und steigt an die Wasseroberfläche auf …

KAPITEL 18

»Endlich!«, keucht Oceana erfreut. »Jawoll! Dann kommt jetzt bestimmt der Komplize. Hoffentlich ist Francesco ganz in der Nähe!«

Je höher sie aufsteigt, desto wirbeliger wird das Wasser. Als Oceana die Oberfläche durchbricht, stellt sie fest, dass das Meer unruhig ist und ein scharfer Wind weht, der aus allen Richtungen zu kommen scheint. Das Rauschen ist nach der Stille unter Wasser fast ohrenbetäubend laut. Einige Wellen tragen bereits kleine Schaumkronen und brechen mit kräuselnden Spitzen.

»Mist, das sieht nicht gut aus.« Oceana überkommt ein mulmiges Gefühl. Bei einem Sturm draußen allein im Meer? Wasseratmerin hin oder her, das ist komplettes Neuland. Schwärze, Mondlicht, Himmel, Wellen, so weit das Auge reicht. Auch Francesco ist wie befürchtet nirgends zu sehen. Sie und der Perlenräuber scheinen mutterseelenallein zu sein.

»Boah, also ich weiß nicht«, murmelt Oceana mit klammem Herzen.

Sie kann beobachten, dass der Taucher sich inzwischen

184

flach aufs Wasser gelegt hat. »Bestimmt ist er zu früh dran und wartet jetzt auf das Boot«, überlegt Oceana, denn ihr fällt gerade ein, dass er im *Museo* doch auch auf die Uhr geschaut hatte. Aber als eine ganze Weile nichts geschieht, wird sie ungeduldig. Hm, will er vielleicht einfach nur verschnaufen? Gibt es doch keine Flucht mit dem Motorboot, wie sie sich das ausgemalt hat?

Ratlos tritt Oceana Wasser. Sie kann nicht mal mehr die Küste erkennen. Und wo steckt bloß Francesco? Es wird immer ungemütlicher. Ständig schlagen Wellen über ihr zusammen und das Ganze wird allmählich wirklich grenzwertig.

Da ertönt ein Geräusch.

Alarmiert dreht Oceana den Kopf. Etwas kommt direkt auf sie zugerast.

»Aha! Ich wusste es doch! Ich hab euch durchschaut!«, brüllt Oceana triumphierend und flüchtet zur Seite weg.

Es ist der gewaltige Rumpf eines Schnellbootes, der eine sich immer weiter auffächernde Pfeilspitze aus weißer Gischt ins Meer schneidet. Das Boot selbst springt völlig unbeleuchtet über die Wellen, doch Oceana kann erkennen, dass zwei Leute hinter dem Steuer stehen. In ihrer unmittelbaren Nähe kommt es mit einer eng gezogenen Kurve zum Stehen.

»So, und wo ist jetzt der dusselige Taucher hin?«, murmelt sie. »Und überhaupt, wie kann man sich eigentlich mitten auf dem offenen Meer verabreden, fällt mir gerade ein? Hm …

Kompass, wahrscheinlich«, überlegt sie weiter, während sie ungeduldig darauf wartet, dass der Taucher nun endlich an Bord geht. Wäre das Boot ein Auto, könnte sie zumindest versuchen, die Luft aus den Reifen zu lassen, bis Francesco auftaucht und die Polizei informieren kann, aber hier draußen, allein im Meer … Na gut, wenn sie den Taucher schon nicht schnappen können, will sie wenigstens das Ende der Geschichte beobachten.

Oceana nähert sich von hinten dem Boot. Vom Taucher ist immer noch nichts zu sehen. Das ergibt doch gar keinen Sinn! Oceana seufzt. Sie hat die Leiter erreicht. Daran kann sie sich gut festhalten und vielleicht ein paar Gesprächsfetzen oder Jubelrufe aufschnappen, von denen sie dann Francesco berichten will. Schließlich ist ein gelungener Millionen-Coup ganz sicher ein Grund zur Freude – und so was sieht man ja auch nicht alle Tage!

Doch es kommt anders.

Ganz anders.

Oceana reibt sich ungläubig das Wasser aus den Augen. Okay, der Taucher ist wider Erwarten immer noch nicht aufgetaucht und die Männer halten auch nicht nach ihm Ausschau. Schon das ist seltsam. Doch nun geht etwas noch Merkwürdigeres an Bord vor sich: Einer der beiden Männer scheint sich für einen Tauchgang bereit zu machen!

Er steckt bereits in einem Neoprenanzug und bekommt

von seinem Kollegen gerade Hilfe mit der Sauerstoffflasche. Sein Kollege trägt einen dunklen Kapuzenpulli, und um seinen Oberschenkel ist ein weißer Verband über die Hose gewickelt, der im Mondschein zu leuchten scheint. In diesem Moment erkennt Oceana sie. Das sind die Typen aus dem *Museo!*

»Was zur Hölle?!«, keucht Oceana und muss aufpassen, dass sie vor Schreck nicht wieder Wasser in den falschen Kreislauf bekommt. Fassungslos klammert sie sich an die Leiter, die sie mit jeder Wellenbewegung mit aus dem Meer zieht. Bald wird es Zeit loszulassen, Oceana verspürt schon eine leichte Seekrankheit.

»Nachdenken, nachdenken«, ermahnt sie sich. »Sie haben es also rausgeschafft. Okay, damit war leider fast zu rechnen gewesen …«

Doch zu weiteren Schlussfolgerungen kommt Oceana nicht, denn der Mann ist jetzt mit seinen Vorbereitungen fertig und rückt Mundstück und Taucherbrille zurecht.

»Wenn du ohne die Perle zurückkommst, lass ich dich hier draußen krepieren«, ruft sein Kollege und fügt seinem Satz ein teuflisches Lachen hinzu, von dem Oceana nicht sicher ist, ob es ironisch oder ernst gemeint ist. »Und besser, der Typ taucht endgültig nicht mehr auf, haben wir uns verstanden?«

Der Taucher hält den Daumen hoch und lässt sich dann rückwärts ins Wasser fallen.

Oceana zählt bis drei und taucht ebenfalls unter.

Der Mann paddelt nur wenige Meter von ihr entfernt auf der Stelle und hält sich ein kleines Gerät vors Gesicht. Darauf blinkt ein rotes Licht, das nach wenigen Sekunden zu grün wechselt. Das scheint für den Taucher das Startsignal zu sein und er schwimmt los. Oceana stellt fest, dass er eine Ausrüstung trägt, die sogar noch professioneller wirkt als die von Luigi. Denn er ist nicht nur mit großen, fast durchsichtig wirkenden Flossen ausgestattet, die ihn aussehen lassen wie einen exotischen Fisch, sondern zusätzlich auch noch schwer bewaffnet. Am Schenkel hängt ein Tauchermesser und in seinem Hüftgurt steckt eine gigantische Harpune.

Oceanas Herz schlägt wie wild, als ihr klar wird, was sie hier beobachtet: Der Taucher ist auf der Jagd und hat sein Opfer mithilfe der grünen Leuchtdiode ganz offensichtlich im Visier, denn er hält das Gerät wie ein Handy mit Navi vor sich und folgt der Anzeige.

Fieberhaft überlegt Oceana. Was ist mit dem Perlenräuber? Weiß er, dass er verfolgt wird oder ist er nach einer kurzen Erholungspause weitergeschwommen und Oceana hat nichts davon bemerkt, weil sie mit den *Museo*-Typen beschäftigt war?

»Verdammt!«, flucht Oceana. »Dieser Freizeitschnorchler hat null Chancen gegen so einen Gegner. Es war sowieso ein Wunder, dass er nicht schon im *Museo* erschossen worden

ist. Wenn sie ihn vorhin nicht erwischt haben, dann spätestens jetzt!«

Was soll sie nur tun?

Sie verfolgt den Verfolger, und für was?

Um mit anzusehen, wie der eine Verbrecher von einem anderen Verbrecher umgebracht wird?

Für eine Perle, die eigentlich ihr gehört?

»Was für ein Schlamassel!« Oceana kickt wütend ins Wasser und trifft eine Qualle, die sich in alle Richtungen verformend eilig davonmacht. »Sorry«, ruft Oceana ihr zerknirscht hinterher.

Mit seinen Hightech-Flossen schießt der Verfolger nur so durchs Meer und Oceana spürt deutlich, dass sie dieses Tempo nicht mehr lang wird mithalten können. Sie hat Seitenstechen und weiß vom Sportunterricht, dass es ihr bis jetzt noch nie gelungen ist, die einfach zu ignorieren oder wegzuatmen. Oceana kneift sich in die Taille und hält den Druck, weil das in seltenen Ausnahmen schon mal ein wenig geholfen hat. Gleichzeitig stellt sie fest, dass der Verfolger langsamer wird.

Hat er seine Beute aufgetrieben?

Ja, da ist der Taucher.

Stetig und unaufgeregt wie die ganze Zeit schon, dümpelt er wenige Meter vor ihnen auf seiner geheimnisvollen Mission und macht abermals nicht den Eindruck, als flüchte er vor irgendwas oder fühle sich verfolgt.

In diesem Augenblick wird Oceana mit aller Deutlichkeit bewusst, dass sein Gegner das leichteste Spiel der Welt hat. In wenigen Sekunden wird der Taucher ausgeraubt und ermordet sein. Und niemals wird irgendjemand erfahren, was geschehen ist.

Oceana tritt Wasser und krümmt sich zusammen. Sie presst die Hände in die Seite. Will sie wirklich Zeugin eines Mordes werden? Wenn es jemals einen absolut allerletzten Zeitpunkt gab, die ganze Sache abzubrechen, ohne ein Trauma fürs Leben abzubekommen, dann jetzt. Francesco *kann* sie gar nicht im Auge behalten haben, da sie viel zu tief schwimmt. Außerdem hat er einem Killer mit Harpune nicht das Geringste entgegenzusetzen. Der Taucher wird sterben, sie kann nichts dagegen tun, *e basta*. Und wenn sie nicht aufpasst, ist sie die zweite Zeugin, die »besser nicht mehr auftaucht«.

»Es tut mir leid«, flüstert Oceana hilflos in Richtung des Tauchers. »Ich kann das nicht mit ansehen. Ich will nach Hause …«

Doch da ist es schon zu spät.

Der Verfolger zieht die Harpune aus dem Holster. Im Licht der Taucherlampe blitzt die mit Widerhaken besetzte Spitze auf. Oceana weiß absolut nicht, was sie tun soll. Doch mit einem Mal ist ihr, als ob sich das Wasser aufgeladen hätte und sie mit seiner unbändigen Kraft an Ort und Stelle hielte. Bleib hier, scheint es zu sagen, geh nicht weg, du wirst hier noch ge-

braucht! Ihr ganzer Körper vibriert, ihre Sinne sind zum Zerreißen geschärft. Die Sicht ist plötzlich so klar wie am helllichten Tag. Oceana spürt nicht mal mehr die zunehmende Taubheit in Fingern und Füßen. Im Bruchteil einer Sekunde spürt Oceana nur noch eines: Sie wird den Angreifer davon abhalten, einen Mord zu begehen. Einen Mord wegen einer Perle, die einst am Hals ihrer fröhlichen, lachenden Mutter, warm und kaugummirosa in der Sommersonne schimmerte ... Einer Perle, die für Oceana ein Symbol des Lebens, der Kindheit und der Freude ist und nicht von Tod und Trauer und Niedertracht.

Es ist so weit: Der Verfolger bringt die Harpune in Anschlag. Er zielt.

Und wie nur Stunden zuvor kommt Oceana wieder wie ein Geist aus dem Nichts angeschossen ...

Pfeilschnell prescht sie von hinten auf den Angreifer zu. Oceana wählt seine rechte Körperseite, um die linke Hand benutzen zu können. Ihr bleibt nur ein winziges Zeitfenster, an dem sie sich unbemerkt am Verschluss der Messertasche zu schaffen machen kann, denn in ihrem Pierrot-Anzug ist sie glitschig wie ein Delfin und der Taucher wird ihre Berührung durch den Neoprenanzug hoffentlich erst wahrnehmen, wenn es bereits zu spät ist. Jetzt, sie schwebt nur noch eine Handbreit vom Angreifer entfernt. Oceana streckt die Hand aus und fixiert dabei den Verschluss. Es ist eine Klappe

mit Druckknopf, die den gewellten Knauf des Messers umschließt.

»Los!«, gibt sich Oceana das Kommando, sie krallt sich in
die Lasche und zieht.

Erst als der Druckknopf nachgibt, spürt der Taucher die
Bewegung am Bein. Er sieht kurz hin, sieht wieder weg, als er
erneut auf das Geschehen blickt, weil er erst auf den zweiten
Gedanken realisiert hat, wer sich da an seinem Tauchermesser zu schaffen macht. Dann zuckt er erschrocken zusammen.
Die Augen hinter der Taucherbrille sind in einer Mischung
aus Unglauben und Entsetzen weit aufgerissen. Der Mann
reißt schützend die Arme vors Gesicht.

Oceana umklammert derweil blitzschnell mit den Füßen
und der Prothese sein Bein und versucht, das Messer aus der
Scheide zu ziehen. Aber sosehr Oceana auch am Griff zerrt,
sie bekommt es nicht gelöst. Außerdem versucht ihr Gegner
nun, sie abzuschütteln, indem er mit dem umklammerten
Bein strampelt und mit dem anderen nach ihr tritt. Oceana
krümmt sich vor Schmerz, als sie im Bauch getroffen wird.
Doch sie lässt nicht locker und schafft es irgendwann, beide Beine des Verfolgers wie mit einem Schraubstock zu um-
klammern.

Die Folgen dieser Umklammerung lassen nicht lange auf
sich warten. Langsam, aber stetig sinken die beiden dem
Meeresgrund entgegen, während der Mann weiterhin pa-

 192

nisch versucht, Oceana von sich zu zerren. Er krallt sich in ihre Kapuze und schlägt mit der Harpune nach ihr, doch die seltsame Erscheinung hat sich wie ein Schwarm Wespen in ihn verbissen und scheint überall gleichzeitig zu sein.

Oceana lässt nicht nach, sie rüttelt verzweifelt am Griff, bis endlich irgendein verstecktes Sicherungsband nachgibt und sich das Messer plötzlich derart schwungvoll aus dem Holster ziehen lässt, dass seine Klinge die Hülle in einem glatten Schnitt sahneweich durchtrennt.

Oceana gerät für eine Sekunde aus dem Gleichgewicht und dies nutzt der Angreifer aus, um sie grob am Arm zu packen. Fest schließt sich seine kräftige Hand um ihren Unterarm.

Es ist der rechte.

In diesem Moment weiß Oceana, dass sie den Kampf gewonnen hat, und sie wird von einer fast amüsierten Ruhe erfasst. Was jetzt kommt, wird fast lustig! Sanft lässt Oceana seine Beine aus der Umklammerung frei, gleitet anschließend leicht an seinem Rücken empor, ohne sich gegen die Hand an ihrem Arm zu wehren und durchtrennt mit einem fast lächerlich butterweichen Schnitt sämtliche Verbindungsschläuche zwischen Sauerstoffflasche und Maske.

Weiße Luftblasen explodieren wie in einem Sprudelglas beim Einschenken und trudeln nach oben davon. Gleichzeitig löst Oceana mit einem jahrelang trainierten, routinierten Schlenker des Armstumpfes den Magnetverschluss der

 193

Prothese, die durch den Zug leicht aus dem Kostümärmel gleitet.

Und diesmal ist in den Augen des Tauchers nicht nur Panik, sondern Todesangst zu sehen. Er bewegt sich nicht, sondern verharrt in Schockstarre und sinkt wie ein Stein nach unten.

»Spinnst du?«, schreit Oceana alarmiert und packt ihn am Gürtel. Keuchend zerrt sie ihn ein paar Meter weit mit sich nach oben. »Was soll denn der Scheiß? Jetzt schwimm halt«, schreit sie ihn an. »Du hast doch diese Superman-Flossen. Benutz die Flossen! Tauch auf, Mann, sonst ertrinkst du!«

Da kommt der Taucher zu Sinnen. Sein Überlebensinstinkt und der Sauerstoffmangel lassen ihn panisch zur Meeresoberfläche emporsteigen.

»Stopp, die gehört mir«, fällt Oceana ein, hechtet hinterher und windet dem Mann ihren Arm aus der Hand, den er unbewusst immer noch umklammert hält. »Wär der mir beinahe hopsgegangen ...« Oceana sieht kopfschüttelnd auf ihre Prothese und den leeren Ärmel. Sie klemmt sich die Prothese unter den Arm und muss feststellen, dass sie den Perlenräuber zwar schon zum zweiten Mal gerettet, ihn aber in den unendlichen Weiten des Mittelmeeres auch schon zum zweiten Mal aus den Augen verloren hat ...

KAPITEL 19

Oceana dreht sich langsam um sich selbst. Ah, zum Glück, ein Hauch von Helligkeit verrät seine Position. Oceana schwimmt los, etwas unbeholfen zunächst, weil die Prothese nicht da ist, wo sie hingehört.

Um sich abzulenken, denkt sie über den Taucher nach. Wie ein aufziehbares Schwimmspielzeug kommt er ihr vor, so unbeirrt und zielstrebig, wie er einfach immer weiter ins Nichts schwimmt.

Und Oceana mit ihm!

Sie tastet nach der straff gespannten Schnur und hofft, dass die Flasche in den kabbeligen Wellen doch irgendwie zu sehen ist und Francesco mittlerweile durch irgendein Wunder über ihr ist und von oben auf sie aufpasst.

»Und hoffentlich schwimmt der hier nicht bis nach … was kommt da irgendwann?« Oceana überlegt. »Libyen. Sind aber schon so fünf Trillionen Kilometer … Und wie lang bitte schön hält so'n Pressluftfläschchen? Ich verstehe eh nicht, was das hier soll. Ergibt überhaupt keinen Sinn …

Und Francesco stirbt wahrscheinlich gerade vor Sorgen. Und ich erfriere allmählich.« Oceana hält ihre Hand vors Gesicht. »Igitt. Das kann nicht gesund sein.« Oceana niest und noch während sie mit Mühe die Wasseratmung wieder unter Kontrolle bringt, veranstaltet der Taucher erneut ein völlig unverhofftes Manöver, denn er verlässt abrupt seinen horizontalen Spaziertauchweg und schwimmt nun steil hinab. »Was macht er denn jetzt? Warum? Wartet da ein *U-Boot?*«, schießt es Oceana durch den Kopf und sie muss fast lachen, so absurd ist das alles.

Tiefer und tiefer geht es. Oceana spürt den zunehmenden Druck immer stärker auf den Ohren, schließlich fällt auch das Luftholen zunehmend schwerer. Noch weiter runter wird sie nicht aushalten können. Schon jetzt gelangt nur halb so viel Luft in ihre Lungen, wie sich gut anfühlen würde. Oceana reduziert die Geschwindigkeit, ihr ist schwindelig. Doch da hält der Taucher an und verharrt in der unendlichen Schwärze des Meeres. Dann nestelt er etwas aus der Tasche seiner Badeshorts. Oceana traut ihren Augen nicht. Er wird doch jetzt wohl nicht die Perle herausholen? Weshalb? Wie kann es denn mit jeder Minute noch mysteriöser werden?

Doch genau das tut der Taucher.

Eingerahmt vom nachtschwarzen Meer schimmert die *Perla di Pesca* im Licht seiner Stirnlampe wie damals am Hals ihrer Mutter. Der Taucher scheint ganz versunken in die Be-

trachtung der Perle. Ja, Oceana hat sogar den Eindruck, als würde er mit ihr reden, denn seine Körpersprache macht den Eindruck eines intensiven Gesprächs. Oceana scheint es, als wolle er der Perle etwas mitteilen.

»Neeeiiin!«, haucht Oceana, als ein Gedanke in ihrem Kopf Gestalt annimmt. Ist das hier vielleicht eine Art »Diese Perle gehört dem Meer«-Aktion? So was wie: Ich gebe dem Meer zurück, was dem Meer gehört? Ist der Typ gar kein normaler Dieb? Oceanas Gedanken rasen …

»Nee, das macht er nicht! Das wär total bescheuert, wenn er sie jetzt einfach fallen lässt. Damit ist doch der Umwelt nicht geholfen, wenn sie da unten rumliegt …« Oceana sieht sich um. Irgendwas MUSS geschehen oder eintreten, damit all das hier nicht komplett den Sinn verliert. Doch Oceana und der Taucher sind, abgesehen von ein paar Fischen, die träge an ihnen vorbeischwimmen, völlig allein.

Dann passiert genau das, was Oceana befürchtet hat.

Der Taucher streckt langsam seine Hand aus und lässt die Perle ihrer Mutter über die Fingerspitzen rollen. Schließlich wendet er sich ab und steigt auf.

Oceana ist wie erstarrt. Das kann nicht wahr sein! Er hat es tatsächlich getan! Um die Pfirsich-Perle ins Mittelmeer zu versenken, hat er einen Raub begangen und ist beinahe umgebracht worden, ist dieser Mensch komplett irre? Doch Oceana hat trotz des ungläubigen Entsetzens die Perle vom

Moment ihres Falles nicht aus den Augen gelassen. Wie in einem unsichtbaren Bann hält sie die kleine Perlmuttkugel in ihrem Blickfeld. Dadurch scheint sie nur in Zeitlupe zu sinken und Oceana registriert nicht einmal, wie sie plötzlich losschießt, um sie aufzufangen.

Koste es, was es wolle, aber sie wird nicht zulassen, dass die Perle ihrer Mutter für immer auf dem Meeresgrund landet.

Sie taucht. Tiefer, tiefer, sie muss noch tiefer tauchen. Der Wasserdruck presst ihre Lungen zusammen und Oceana hat das Gefühl, als stecke ihr Kopf in einem riesigen Nussknacker. Der Schmerz in den Ohren wird fast unerträglich. Es knistert und knackt. Ihr wird das Trommelfell platzen, wenn sie nicht sofort umkehrt. Doch Oceana hat die Perle nun direkt vor sich.

Jetzt!

Oceana streckt die Hand aus.

Und wie das Geschenk einer freundlichen Meeresprinzessin sinkt die Perle auf ihre Handfläche, als habe sie niemals irgendwo anders hingehört. Oceana schließt die Finger darum und starrt auf ihre geschlossene Faust.

Ichhabsie, ichhabsie, ichhabsie, murmelt es ununterbrochen in ihr und um nicht von den verrücktesten Gefühlen der Welt überwältigt zu werden, steckt Oceana den Fang rasch in ihr Turnschläppchen, wo sie ihn sicher mit den Zehen umschließt.

Sie hat die Perle gerettet, es bleibt ihr nicht mehr viel Zeit, sich selbst zu retten.

Oceana beginnt, langsam aufzusteigen. Instinktiv entspannt sie sich dabei, bleibt hin und wieder für einen kurzen Moment auf der Stelle stehen, damit ihre magischen Körpersysteme Zeit haben, sich anzupassen. Zu groß ist Oceanas Angst, dass ihr dasselbe passiert wie gestern – allein irgendwo im Meer hat sie nicht die geringste Überlebenschance. Doch diesmal funktioniert es viel besser, gleichzeitig mit dem Nachlassen des Wasserdrucks und der Schmerzen wird sie von einer so umfassenden Zuversicht erfüllt, die sie kraftvoll und zügig weiterschwimmen lässt.

Der Taucher steigt inzwischen in einem schrägen Winkel der Wasseroberfläche entgegen und kehrt, wie Oceana vermutet, wieder Richtung Venedig zurück. Es macht den Anschein, als hätte er seine seltsame Mission erfüllt und ginge nun auf den Heimweg.

Oceana seufzt erleichtert. Es ist zwar alles völlig anders gekommen als erwartet, aber wenigstens sind sie bald wieder zu Hause. Sie kann es kaum erwarten, Francesco zu sehen und vor allem, aus dem Wasser zu kommen. Gerade fühlt sie sich zwar gut, aber inzwischen weiß sie, wie schnell sich ihr Zustand auch wieder verschlechtern kann, ohne dass es einen speziellen Auslöser dafür gäbe. Und ob Francesco irgendwo mit seinem Boot ist, weiß der Himmel. Aber wenigstens ist sie wieder nah genug an der Oberfläche, sodass die Signalflasche zu sehen ist, wo doch mittlerweile nicht mal mehr das kleinste Krümelchen irgendeines Plans übrig geblieben ist.

»Wenigstens leben noch alle«, macht sich Oceana Mut und klemmt die Prothese unter den Stumpf. »Ich darf nur den Taucher nicht aus den Augen verlieren, sonst bin ich komplett verloren …« Sie schüttelt den verkrampften Arm aus und kneift die Zehen zusammen, um sich davon zu überzeugen, dass die Perle noch da ist. Dann öffnet sie das Oberteil ihres Kostüms, verstaut die Prothese vor dem Bauch und zerrt so lang am Reißverschluss herum, bis er sich gnädigerweise über der riesigen Ausbuchtung wieder schließt. Befreit vom Gewicht in ihrer Hand schwimmt Oceana zügig weiter.

Und wieder kommt alles anders als gedacht.

Denn nach ein paar Hundert Metern verändert sich das Verhalten des Tauchers.

Etwas stimmt nicht mit ihm.

Sein Schwimmstil wechselt derart abrupt, dass es schon fast grotesk wirkt. Oceana sieht den Taucher plötzlich hektisch mit den Flossen paddeln und mit den Beinen zucken. Als hätte er einen elektrischen Schlag bekommen. Der Anblick erschreckt Oceana so sehr, dass sie richtig Angst bekommt.

»Hat er etwa Krämpfe? Neinneinnein, das ist saugefährlich, man kann ratzfatz ertrinken!« Oceana schwimmt mit klopfendem Herzen schneller, doch die Situation wird so rasch dramatisch, dass Oceana den Taucher nicht mehr rechtzeitig erreicht, um ihm irgendwie helfen zu können.

Innerhalb weniger Sekunden hat der Perlenräuber die Kontrolle über seinen Tauchgang vollständig verloren.

Durch die unkontrollierten Zuckungen ist ihm eine Flosse abgefallen und statt rasch aufzusteigen, sinkt der Taucher in einem trudelnden Fall. Immer wieder wird sein Körper von Krämpfen geschüttelt. Oceana sieht, dass der Mann wild mit den Armen rudernd gegen das Sinken ankämpft, doch wie um die Katastrophe perfekt zu machen, verhakt er sich dabei im Sauerstoffschlauch. Nun versucht er verzweifelt, sich zu befreien und reißt beim kopflosen Gebärden die Verbindungen aus der Atemmaske. Wieder stieben weiße Gespinste aus sprudeligen Sauerstoffbläschen wolkenweise der Wasseroberfläche entgegen.

Oceana hat den Mann jetzt erreicht und greift blind in das wirbelnde Durcheinander. Sie erwischt ihn am Gurt der Pressluftflasche und hält ihn mit aller Kraft fest. Doch der Taucher wehrt sich reflexhaft und Oceana versucht unter den Schlägen fieberhaft, den Schlauch wieder ans Mundstück zu bekommen. Es ist ein fast unmögliches Unterfangen in all dem Gewirbel. Außerdem hat Oceana solche Geräte noch nie gesehen und muss gleichzeitig den sich wehrenden Taucher vor dem Untergehen bewahren. Oceana heult laut auf vor Verzweiflung.

Da passiert es: Der Taucher ist inzwischen derart in Todes-angst, dass er sich, wie um paradoxerweise endlich Mund und Nase zum Atmen freizubekommen, das Mundstück nun komplett herausreißt. Mit derselben panischen Bewegung zerrt er sich auch die Skimaske und die Taucherbrille ab.

In diesem Moment erkennt Oceana endlich, wen sie vor sich hat.

Kapitel 20

»PIETRO!!!«, kreischt Oceana. Sie gerät völlig außer sich. »Pietropietropietro!!!«

Doch ihr Onkel hört sie nicht, er verliert das Bewusstsein. Sein Kopf sinkt auf die Brust und das Gewicht seines Körpers ruht nun vollständig in Oceanas Arm.

»Nein! Nein!«, kreischt Oceana und hält verzweifelt dagegen. Sie versucht, die kraftvollsten Schwimmbewegungen zu machen, die mit einem leblosen, über siebzig Kilo schweren Körper im Arm nur möglich sind. Oceanas Herz pumpt und übelkeitserregendes Seitenstechen schneidet in ihre Eingeweide. Zusätzlich quetscht sich die Prothese so stark in den Magen, dass Oceana bittere Galle aufstößt.

Doch all das registriert Oceana nur am Rande. Denn sie führt ein Rennen gegen die Zeit. Die rettende Wasseroberfläche will einfach nicht näher kommen, sosehr sie auch kämpft.

Wie lang kann ein Mensch ohne Sauerstoff aushalten, bevor er stirbt? Oder sein Gehirn so schwer geschädigt ist, dass er nie wieder zu sich kommt? Schwimmt sie überhaupt nach oben oder bleibt sie auf der Stelle?

»Es geht nicht schnell genug! Ich bin zu langsam! Nur mit den Beinen wird es nicht funktionieren!« Oceana braucht dringend ihren Arm zum Schwimmen. Sie tastet nach dem leeren Ärmel, fädelt ihn durch Pietros T-Shirt und knotet ihn zu. Jetzt hängt ihr Onkel an ihr, gesichert durch eine provisorische Halterung aus seinem Shirt und Oceanas Kostüm. »Hoffentlich reißt der Ärmel nicht ab«, betet Oceana mit jedem Schwimmstoß, doch die Konstruktion hält und es geht wirklich voran. Meter für Meter. Mit kräftigen Bewegungen schaufelt Oceana sich voran. Sie ist hoch konzentriert, sodass erst die eisige Kälte, die mit einem Mal ihren Kopf umfängt, ihr wirklich signalisiert, dass sie es an die Oberfläche geschafft haben.

»Atme!«, brüllt sie Pietro augenblicklich an. »Zio! Zio! Atme!«

Sie tritt Wasser und kneift mit der Hand in Pietros Kinn und Wangen. Grob schüttelt sie seinen Kopf hin und her. »WACH AUF! HALLO FRANCESCO, HÖRST DU MICH? BIST DU DA?«, kreischt sie. »HILFE! HILFE! HILFE!«

Dann bugsiert sie ihren Onkel so vor den Oberkörper, dass er einigermaßen in der Rettungsposition liegt. Sein Kopf ruht nun auf ihrer Schulter, doch die Wellen schlagen trotzdem weiterhin über ihm zusammen und Wasser fließt ihm übers Gesicht. Wie soll er da Luft bekommen? Doch Oceana brüllt und brüllt, ihr Mund liegt direkt an seinem Ohr. Immer wieder schlägt sie ihm auf die Wange. »Wach auf, bitte, wach doch auf! Bitte, Pietro, du musst atmen, atme doch«, schreit sie hysterisch.

Es dauert nicht lange und Oceana hat die Grenze ihrer Kraft erreicht. Zusätzlich bringt ihr Körper wie befürchtet Luft- und Wasseratmung durcheinander. Oceana verschluckt sich so heftig an der nächsten Welle, dass sie nach Luft ringen muss und nicht verhindern kann, dass ihr mit der nächsten erneut Wasser in die Luftröhre gerät. Irgendwann kann sie nur noch würgen und erbricht sich ins Meer. Oceana schreit vor Verzweiflung, als sie erneut eine Welle niederdrückt. Dann bemüht sie sich krampfhaft, konsequent nur noch über Wasser zu atmen, indem sie die Luft anhält, wenn Wasser über sie hinwegschwappt. Sie darf sich durch weitere Erstickungsanfälle nicht in Lebensgefahr bringen.

»FRANCESCO! HILFE!«, kreischt sie unermüdlich ins Tosen des Windes.

Doch wie soll Francesco sie hören? Wie soll er zwei winzige Köpfe erkennen? Und das auch noch in der Nacht? Sie kann nicht mal mit irgendetwas auf sich aufmerksam machen. Auch Pietros Stirnlampe ist mit Taucherbrille und Skimaske untergegangen.

Da fällt Oceana die Prothese ein. Kann sie die Rettung sein?

Oceana stabilisiert ihren Onkel so gut es geht mit dem Stumpf und versucht, den Reißverschluss über dem Bauch zu

öffnen. Er gibt keinen Zentimeter nach, nass und verbogen wie er ist. Schließlich zieht Oceana so heftig daran, dass der Stoff zerreißt und sie die Prothese herausnehmen kann. Sie rammt ihre Hand ins hohle Ende und streckt den Arm mit der Prothesenverlängerung aus dem Wasser. Immer wieder und wieder schwenkt sie den künstlichen Arm hin und her.

»HILFE!«, brüllt sie dabei. »HILFE!«

Doch Oceanas Stimme ist nur ein Flüstern gegen das mächtige Rauschen der Wellen. Ihre Lage ist aussichtslos. Wenn Francesco den Arm nicht entdeckt, um sie beide zu retten …

Oceana tritt unermüdlich Wasser und dreht sich mit Onkel Pietro schwerfällig von einer Seite zur anderen, um den Wellen auszuweichen.

»Ich kann nicht mehr«, japst sie weinend. »Es tut mir so leid, aber ich kann nicht mehr. Pietro! Bitte!«

Oceana bleckt die Zähne und stößt die Prothese noch einmal mit aller Kraft in die Dunkelheit. Gleichzeit holt sie mit den Füßen Schwung, um ein paar Zentimeter höher zu gelangen. Der schwere Körper Pietros zerrt an ihr, und Oceana schluchzt weiter laut vor sich hin.

Doch vielleicht waren es genau diese wenigen Zentimeter oder ein Wellental oder das Schicksal oder Zufall, denn wie durch Zauberhand, nähert sich ein schwaches Licht.

»WIRSINDHIER, WIRSINDHIER, WIRSINDHIER, HIER, HIER«, kreischt Oceana.

Da wird sie plötzlich von etwas am Kopf getroffen.

Ein Seil schlängelt sich übers Wasser und Oceana greift sofort zu. Und erst als sie die Rettungsleine fest um die Hand gewickelt hat, fällt ihr auf, dass sie die Prothese losgelassen hat. Da wird das Seil auch schon straff gezogen und Francesco nähert sich mit seinem Boot, das wie ein winziges Papierschiffchen auf den Wellen herumhüpft. Francesco trägt eine Schwimmweste und eine Stirnlampe.

Er ist total außer sich und brüllt ohne Unterlass: »DU HAST SIE JA NICHT MEHR ALLE! BIST DU KOMPLETT WAHNSINNIG GEWORDEN? ICH BIN TOT VOR SORGE! DU SPINNST JA! WENN ICH DIE HAND NICHT GESEHEN HÄTTE! UND WER IST DAS JETZT? IST DAS ETWA DER DIEB? HAST DU DEN GERETTET?«

»Kannst du mich vielleicht später anschreien und Pietro retten?« Oceana würgt wieder, heult, schluchzt und schreit gleichzeitig.

»Wie bitte, wie kommt denn jetzt dein Onkel hierher?«, regt sich Francesco weiter auf.

»HILF MIR ENDLICH. ER ATMET NICHT!«, kreischt Oceana.

»OH MEIN GOTT!«, jault Francesco entsetzt.

Augenblicklich schaltet Francesco in den Vernunft-Modus. Er lehnt sich über Bord, um nach Pietro zu greifen. Mit vereinten Kräften hieven sie ihn ins Boot, wo Francesco ihm die

Taucherflasche vom Rücken zerrt und sein T-Shirt aufreißt. Schluchzend plumpst auch Oceana ins Trockene. Francesco beachtet sie gar nicht. Er ist hoch konzentriert und startet ohne Umschweife mit der Herzdruckmassage. In einem schnellen, stetigen Rhythmus presst er Pietros Rippen tief nach unten. Nach ein paar Stößen hört man ein Knacken, doch Francesco lässt nicht nach. Pietros Gesicht wirkt weiterhin fahl und vollkommen leblos.

»War 'ne Rippe, sorry«, keucht Francesco und wendet sich an Oceana, ohne mit dem Pumpen aufzuhören. »Bei drei übernimmst du …«, japst er nach Atem ringend. »Ich beatme ihn. Eins, zwei, drei!«

Oceana kniet sich in dem schaukelnden Boot über den leblosen Körper ihres Onkels und presst ihre Hand so auf dessen Herz, wie sie es eben bei Francesco gesehen hat. Ihr Arm ist stark und sie pumpt ebenso kräftig wie Francesco. Dieser hat in der Zwischenzeit mit seinem Mund die Nase von Pietro umschlossen und hält ihm mit dem Daumen fest die Lippen zu. Bei jedem fünften Stoß presst er seine Atemluft durch Pietros Nase in dessen Lungen.

Die beiden arbeiten unermüdlich. Nur einmal muss Oceana kurz innehalten, um sich vor Anstrengung über Bord zu übergeben. Sie zieht die Nase hoch, wischt sich mit dem Ärmel über den Mund und presst weiter. Und weiter. Und immer weiter.

»Bitte. Stirb. Nicht. Bitte. Stirb. Nicht«, tönt es in ihrem Kopf bei jedem Stoß wie ein Mantra. Dann fällt ihr ein, dass Francesco ja überhaupt nicht weiß, was geschehen ist. »Im *Museo* …«, keucht Oceana, »da waren … zwei Typen … Nicht Luigi … Es gab … 'ne Schießerei … überall Blut … Pietro war zuerst da … dann kamen die … haben auf Pietro … geschossen … er ist rausgeschwommen … plötzlich waren die mit dem Speedboot hier … ich weiß nicht, wie sie uns finden konnten … einer wollte Pietro töten … mit 'ner Harpune … ich hab seinen Schlauch … durchgeschnitten …« Oceana hustet. Dann presst sie weiter.

Francesco schüttelt ungläubig den Kopf. »Was zur Hölle?!« Sein Blick wandert über Pietros Körper. Nach der nächsten Beatmung tastet er nach seinem Rücken und zieht etwas aus der Wunde heraus. »Da …« Er pustet und holt Luft. »… haben wir's. Kann das ein Peilsender sein?«

Oceana nickt. »Das. Kann. Sein. Der. Typ. Hatte. So'n. Gerät. Mit. Blink. Licht. Unter. Wasser«, fügt sie im Rhythmus der Herzdruckmassage hinzu. Nach der nächsten Beatmung wirft Francesco den Sender über Bord. »Notarzt alarmieren«, stößt Oceana hervor. »Du musst jetzt dringend …«

Francesco will gerade antworten, als die Umgebung schlagartig heller wird.

»Was, was, was …?«, brüllt Oceana.

Zwei Schiffe halten mit großer Geschwindigkeit auf sie zu.

Das eine ist die Küstenwache und das andere ein Rettungs-schnellboot mit Blaulicht vom Insel-Spital, das erkennt Oceana sofort.

»Magie oder was?«, japst Oceana ungläubig.

»Lange Geschichte«, ruft Francesco. »Du musst über Bord!«

»Spinnst du?«, kreischt Oceana. »Ich. Glaub. Es. Hakt.«

»Schnell! Die dürfen dich nicht sehen!« Francesco stößt seinen Atem in Pietros Nase. »Das gibt bloß ein Riesendurch-einander.« Er pustet wieder. »Halt dich außen an der Leine fest und bleib in Deckung.« Francesco hebt beide Arme und winkt. »HIERHER, HIERHER!«, brüllt er.

Oceana kann sich kaum überwinden, von Pietro abzulas-sen. Doch der taghelle Suchscheinwerfer des Ambulanzschif-fes hat das kleine Boot jetzt mit seinem gleißenden Lichtke-gel erfasst und Oceana hechtet über Bord. Sofort übernimmt Francesco wieder die Druckmassage. Oceana hat sich kaum an die Leine geklammert, als das Boot von zwei Sanitätern längsseits genommen wird. Dann geht alles rasend schnell. Eine Notärztin lässt sich hinab und Francesco überlässt ihr schwer atmend das Feld.

Das Boot schwankt wild auf den Wellen, doch die Ärztin agiert schweigend und routiniert.

»Defibrillator«, kommentiert Francesco ihre Arbeit, damit Oceana es hören kann. »Aufgesetzt. Start. Impuls. Wieder-holung.«

Das Blut rauscht in Oceanas Ohren. »Bitte, bitte, bitte!«, wimmert sie leise.

»Wiederholung. Frequenzänderung. Start …«

Die Sekunden verrinnen zäh wie Stunden.

Nach einer schieren Ewigkeit brüllt Francesco: »HERZ-TÖNE!«

Oceana taucht unter, um vor Freude zu schreien.

»Zugang gelegt«, hört sie Francesco sagen, als sie wieder an die Oberfläche kommt.

»Ich denke, er ist stabil«, sagt die Ärztin. »Das war knapp.«

»Stabil!«, wiederholt Francesco nur.

Oceana streicht sich das Wasser und die Tränen aus dem Gesicht und registriert aus dem Augenwinkel, dass das Polizeischiff abgedreht ist. Aber es fährt nicht nach Venedig zurück, sondern hat weiter entfernt ein Schnellboot ins Visier genommen.

DAS Schnellboot.

Oceana zwinkert sich schniefend die Sicht frei.

Was zur Hölle? Waren die etwa die ganze Zeit da? Warum sind sie noch nicht längst über alle Berge?

»Achtung, Achtung, hier spricht die Polizei«, tönt jetzt ein Megafon übers Meer. »Lassen Sie die Waffe fallen. Waffe fallen lassen! Mit erhobenen Händen hinknien.«

Nimmt die Polizei gerade die beiden Einbrecher fest?

Blau und Rot flammen die Lichter über die Wellenkämme.

Oceana schüttelt ungläubig den Kopf und konzentriert sich wieder auf Pietro.

Die Ärztin hat die Außenleiter erklommen und redet mit den Sanitätern, die sich über die Reling lehnen. Dann wendet sie sich an Francesco: »Okay, er wird jetzt transportfähig gemacht und wir nehmen ihn an Bord. Er kommt auf Intensiv, wir werden erwartet … Komm hoch, zackig jetzt, die Sanis brauchen Platz. Dein Boot nehmen wir in Schlepp.«

»Sicher?«, hakt Francesco nach.

»Selbstverständlich«, erwidert die Ärztin mit amüsiertem Stirnrunzeln. »Wir lassen doch dein Boot nicht hier draußen.«

»DANN GUT FESTHALTEN!«, ruft Francesco für Oceana.

Oceana schlingt das Seil sicherheitshalber nicht nur ums Handgelenk, sondern knotet sich auch mit der Taille fest.

Je stärker die Anspannung nachlässt, desto unkontrollierter schlottert Oceana jedoch vor Kälte. Es gibt außerdem keine Stelle am Körper, die nicht irgendwie wehtut. Sie muss dringend ins Trockene … In diesem Moment wird von der Reling ein silbernes Päckchen ins Boot geworfen.

»Vielen Dank für die Wärmefolie, mir ist gar nicht kalt«, brüllt Francesco.

Das ist *die* Idee, danke Francesco! Oceana krabbelt eilig an Bord. Sie löst die Knoten der Leine und knibbelt das Päckchen auf. Der Wind nimmt ihr die restliche Arbeit ab und

entfaltet knisternd die silberne Rettungsfolie, sodass Oceana sie nur noch zusammenraffen muss, um sich darunter zu verstecken.

Da nimmt das Rettungsschiff auch schon Fahrt auf und Francescos Boot schlägt hart über die Wellen.

»Aua«, jault Oceana, als sie mit dem Kopf an die Sitzplanke schlägt.

Dann lässt sie sich ins Wasser sinken, das knöcheltief im Boot steht. Oceana schließt die Augen und versucht, sich einigermaßen zu entspannen, statt darüber nachzugrübeln, dass Pietro fast gestorben wäre. Sie denkt an die Perle in ihrem Schuh und nach kurzer Überlegung nestelt sie sie heraus. Dann hebt Oceana die Folie ein wenig an, um sich mithilfe der Beleuchtung des Rettungsschiffes nach einem geeigneten Versteck im Boot umzusehen. Oceana kann kaum etwas erkennen, aber sie entdeckt die goldene Plakette in der Bordwand. Hatte Francesco nicht mal erwähnt, dass sich dahinter ein kleiner Stauraum befände? Weil Lorenzo sich manchmal das Boot für kleine Vor-Ort-Reparaturen an den Gondeln auslieh und er dazu ein Werkzeugset dort deponiert hatte? Oceana steckt die Perle wie ein Bonbon in den Mund und drückt so lang auf der Holzfläche herum, bis eine Klappe aufschwingt. Im Hohlraum ertastet Oceana einen ledernen Arbeits-Handschuh. Sie nimmt ihn heraus und lässt die Perle hineinfallen. Diese sucht sich ihren Weg in den Zeigefinger

und Oceana verknotet die Finger so gut es geht, damit die Perle nicht herausfallen kann. Dann legt sie den Handschuh zurück und schließt die Klappe.

»Francesco, hiermit ist dein kleiner Kahn zehn Millionen Euro wert«, murmelt sie.

Kapitel 21

»Sooo, dann sind wir jetzt also wieder in Venedig!«, ruft Francesco als Vorwarnung über die Reling.

Oceana kriecht unter der Plane hervor und lässt sich über den Rand des Bootes ins Wasser gleiten.

»Ah! Badewanne«, sagt sie, als das venezianische Kanalwasser sie umfängt. »Ist ja quasi wie in den Thermen hier. Und dieser Geruch! Muffplurche mit Algengeschmack! Wie hab ich das vermisst!«

Sie hält sich an der Leine fest und lässt sich bis zur Anlegestelle des Krankenhauses mitziehen. Dort wird das Schiff bereits von Mitarbeitern der Notfallaufnahme erwartet. Pietro wird von Bord gebracht und eilig ins Krankenhaus geschoben.

Doch dort wartet noch jemand.

Und zwar auf Francesco.

Mit verschränkten Armen und dem zweifelndsten Blick, den man nur aufsetzen kann, winkt ein *Commissario* Francesco zu sich, kaum dass er das Rettungsboot verlassen hat. Oceana taucht zum Steg, um dem Gespräch zu lauschen.

»Bitte nicht so streng sein, er hat dem Patienten das Leben gerettet«, sagt die Notärztin im Vorbeigehen.

Der Schiffsführer wirft Francesco die Schleppleine zu. Unter den abwartenden Blicken des Polizisten vertäut er sein Boot.

»Ich höre«, sagt der *Commissario* und räuspert sich.

»Also ich –«, beginnt Francesco.

»Name und Adresse?«, unterbricht ihn der *Commissario*.

»Francesco Ferrari«, sagt Francesco und fügt auch die Anschrift hinzu.

»Ahaaa!«, macht der Commissario und Francesco ist sich unsicher, ob das nun ein gutes oder schlechtes Aha war. Doch natürlich ist das Verhör damit längst nicht beendet. »*Bene*, Francesco Ferrari«, sagt der *Commissario* nämlich, »dann erklär mir mal, wie du mitten in der Nacht aufs Meer kommst und gleichzeitig irgendwelche bewaffneten Ganoven …«

»Die Perlenräuber«, rutscht Francesco heraus. »Vom *Museo.*«

»Wie bitte?«, sagt der *Commissario*.

»Glaub ich. Denke ich mir. Könnte doch sein, oder nicht?«, erwidert Francesco ausweichend.

»Woher weißt du vom Einbruch ins *Museo*, mein Freund?« Der *Commissario* runzelt die Stirn.

»Handy«, sagt Francesco blitzschnell. »Gab da so News auf Insta und Twitter …«

»Ja schon gut.« Der *Commissario* schnaubt unwirsch. »Nix kann man mehr in Ruhe machen. Jeder weiß über alles Bescheid, bevor es überhaupt passiert ist! Also, warum bist du nicht im Bett, sondern kurvst auf dem Meer herum?«

»Ich …«, stottert Francesco. »Ich … musste für die Schule … äh … recherchieren … für ein Referat … über … ähm … Meeres…strömungs…verhalten in … Lagunennähe. Genau. Und da fällt mir dieses Boot auf mit den beiden Typen, die sich anschreien und mit Waffen herumfuchteln. Da hab ich den Notruf gewählt. Und dann finde ich ganz zufällig, den … äh … Taucher. Dem gings nicht so gut und da hab ich ihn rausgezogen … und beatmet. Und dann kam ja auch schon das Rettungsschiff und die Polizei und so weiter.« Francesco sieht zu Boden.

»Und so weiter, hm …«, sagt der *Commissario* nachdenklich und klappt sein Notizbuch zu. »Sag mal, deine Mutter, das ist doch die Nicoletta? Nicoletta Ferrari, Geburtsname D'Angelo?« Francesco nickt und der Polizist redet weiter. »Mein lieber Freund, da hast du verdammt Glück gehabt«, sagt er und grinst. »Ich bin nämlich mit deiner Mama in die Schule gegangen und wenn ich nicht immer Mathe bei ihr hätte abschreiben dürfen, wär ich wahrscheinlich heute noch dort.« Der *Commissario* lacht und wuschelt Francesco durch die Haare. »Sag ihr einen Gruß von Paolo … *no, no*, besser, die ganze Sache hier bleibt unter uns, was?«

»Ja, das wär cool, danke!«, murmelt Francesco erleichtert.

Der *Commissario* lacht wieder. »Ich war ja auch mal jung. Oh *Dio mio*, ich war auch mal sehr, sehr jung. Wenn ich bedenke, was ich damals alles ... Schwamm drüber. Ich gebe dir hiermit eine offizielle Verwarnung, mein Freund.«

»Jawohl«, sagt Francesco. »Und vielleicht sind ja zufälligerweise die Fingerabdrücke von den zwei Typen überall im *Museo* verteilt. Und auch deren Blut. Also könnte ich mir denken. Da würde man einen DNA-Abgleich in Erwägung ziehen ...«

Der *Commissario* holt Luft. »Junge, am besten, du gehst mir jetzt aus den Augen, sonst muss ich vielleicht doch eine Anzeige aufnehmen wegen Insiderwissen oder Weitergabe von Falschmeldungen oder was immer mir einfällt ... Bringen sie euch in der Schule nicht bei, wie man diese ganzen Fake-News und den Verschwörungsmist erkennt und dass man das alles nicht ungeprüft weiterplappern soll?«

Francesco nickt, dreht sich um, springt eilig in sein Boot und macht, dass er wegkommt. Wenige Meter später stoppt er, indem er sich an einem Mauervorsprung im Kanal festhält.

»Da bin ich«, sagt Oceana, spuckt eine Mundvoll Wasser aus und klettert ins Boot. Sie schlottert immer noch. »Ich muss ganz dringend unter die heiße Dusche. Kannst du mich heimbringen?«

»Logisch«, sagt Francesco.

»Und vielleicht zwei Pizzen in den Ofen tun, während ich auftaue?«

»Logisch«, sagt Francesco wieder. »Und ich kann dir einen Zuckertee machen.«

»S-s-super. Du … w-w-wird Onkel Pietro wieder gesund?«

»Ja!«, ruft Francesco. »Sorry, ich hätte sofort berichten sollen. Also, ich hab mir alles genau erklären lassen und er konnte auch schon antworten, wusste, wer er ist und so. Das ist die allerbeste Nachricht heute Abend! Wenn alles gut läuft, kommt er morgen schon von der Intensivstation raus auf die normale. Wir dürfen ihn morgen besuchen, hab ich schon fix gemacht. Also heute, wenn man's genau nimmt … He!«, unterbricht sich Francesco, als Oceana anfängt zu weinen. »Ehrlich, der wird wieder genauso doof wie vorher. Du fandest ihn doch doof, oder?«, versucht Francesco Oceana zum Lachen zu bringen.

Oceana zuckt mit den Schultern. »Ich weiß es gar nicht mehr so genau. Doof finde ich ihn ja auch erst seit ein paar Tagen. Aber er ist eigentlich überhaupt nicht übel.«

»Das fände ich richtig gut«, erwidert Francesco. »Meinst du, du kannst mir nachher erzählen, warum dein Onkel da draußen rumgepaddelt ist?«

Oceana nickt schniefend. »Aber nur, wenn du mir erzählst, warum die Polizei vorhin aufgetaucht ist.«

»Also die lange Geschichte ist eher kurz, weil es eigentlich

nix zu erzählen gibt. Ich war zu Tode besorgt, weil ich die Flasche nirgendwo mehr entdecken konnte und überhaupt die ganzen Mistwellen immer stärker wurden und weil du plötzlich aufs offene Meer raus geschwommen bist und da kommen diese Typen an und rasen an mir vorbei und ich seh, wie einer über Bord geht und irgendwann taucht er wieder auf und brüllt was von 'nem Clown, der auch im *Museo* war und ihn angegriffen und beinahe umgebracht hat und ich denk so, was zum Teufel?! Und sein Kumpel schreit ihn an, ob er die Perle jetzt hat oder nicht und dass wiederum er ihn für seine Blödheit umbringen wird und die fuchteln jeder mit 'ner Waffe rum, echt ey. Da hab ich mir erlaubt, die Polizei zu rufen und den Anlasserschlauch aus dem Motor zu ziehen. Dann ging bei denen nix mehr und ganz ehrlich, was die sich an den Kopf geworfen haben, das kann ich auf keinen Fall wiederholen. Die kannten Schimpfworte, die hab ich noch nie gehört!«

Oceana lacht auf. »Und wie bist du an d-d-deren Motor gelangt?«

»Pff«, winkt Francesco ab und parkt das Boot vor Oceanas Haus. »Die waren so in Rage, ich hätte mit 'nem Kreuzfahrtschiff kommen können … Einfach kurz angedockt … War in fünf Sekunden erledigt. Dann hab ich mich ein bisschen außer Sicht treiben lassen. Deswegen hat es wahrscheinlich auch so lang gedauert, bis ich dich gefunden hab …«

»Mein Arm ist futsch«, sagt Oceana unvermittelt.

»Egal.« Francesco springt an Land und reicht Oceana die Hand. »Du bist steinreich, schon vergessen? Das nächste Modell wird so'n Terminator-Marvel-Hightech-Computer-hirn-gesteuertes-Superwerkzeug.«

»Die Perle ist übrigens im Werkzeugfach in deinem Boot«, murmelt Oceana erschöpft. Sie kann sich kaum mehr auf den Beinen halten. Francesco starrt sie fassungslos an. »Okay«, sagt Oceana, »wenn du fertig bist mit Sprachlossein, komm einfach hoch, ich lass die Türen offen.«

Dann schleppt sich Oceana ins Haus und kauert sich so lang unter die heiße Dusche, bis der Wasserdampf in dem winzigen Raum von den Kacheln und Spiegeln tropft und es so neblig ist, dass sie sich nach dem Duschen zur Tür tasten muss, weil sie nichts mehr sieht.

In ihren und Onkel Pietros Bademantel gewickelt und mit einem großen Handtuchturban auf dem Kopf, lässt Oceana sich dann aufs Sofa fallen, wo Francesco zwei duftende Pizzen und zuckersüßen Pfefferminztee serviert. Mit den Tellern auf dem Schoß und den Füßen unter der Sofadecke sitzen Oceana und Francesco sich gegenüber. Eine ganze Weile essen sie schweigend.

»Du siehst jetzt noch gruseliger aus als vorhin«, sagt Francesco irgendwann.

»Warum?«, fragt Oceana erstaunt.

Francesco wirbelt mit der Hand vor seinem Gesicht herum. »Deine Schminke!«, fügt er hinzu, als Oceana nichts checkt.

»Ach so!«, ruft sie. »Hab ich ganz vergessen. Alles verschmiert? Okay …«, sie kichert. »Dann weiß ich jetzt auch, warum sie mich Horror-Clown genannt haben.«

»Ich hab dir den Handschuh übrigens auf deinen Nachttisch gelegt«, sagt Francesco. »Und da war so 'ne Ratte ohne Schwanz, die hat auf deinem Teddy geschlafen …«

»Danke«, erwidert Oceana und grinst. »Ja, das ist Sporco.«

»Ah, okay. Kannst du vielleicht noch mal kurz erklären, wieso die Perle jetzt ähm … hier ist?«

Oceana grinst. »Ich kapier's fast selbst nicht. Jedenfalls tauchte im *Museo* plötzlich dieser falsche Taucher auf. Also Onkel Pietro, aber das wusste ich bis da ja noch nicht. Also nicht dieser Luigi von gestern, auf den ich gewartet habe, sondern da platscht so'n Kerl wie auf dem Weg zum Schnorcheln rein. In Badehose! Und tropfend. Er hat die Perle gestohlen und dann kamen die beiden falschen Security-Typen dazu. Es gab 'ne Schießerei und ein Nackter hat seinen Kopf verloren.«

»Was?!«, fragt Francesco und verschluckt sich beinahe an der Pizza. »Die waren nackt? Jemand ist geköpft worden?«

»Nee, die Statuen im Raum. Die Männer wollten Pietro erschießen und mir ist nix anderes eingefallen, als schreiend dazwischenzuspringen.« Oceana kichert. »Die haben sich

fast in die Hosen gemacht! Jedenfalls ist der Schnorchler geflohen und ich hab die Typen eingesperrt, also zumindest für einen Vorsprung hat's gereicht und bin ihm hinterher. Und draußen auf dem Meer wird er von dem Security-Typen mit 'ner Harpune angegriffen … Die wollten sich die Perle holen und den Taucher umbringen. Ich konnte nicht anders und hab mir sein Messer geschnappt, *zack*, sprudel, sprudel, null Sauerstoff mehr für ihn. Und Onkel Pietro so: Tritratrullala, ich plansche hier so vor mich hin und krieg nix mit und schmeiß jetzt mal die Perle ins Meer.«

»WAS?!«, ruft Francesco wieder und Oceana erzählt, wie es weiterging.

»Ich war echt am Beten«, beendet sie die Geschichte.

»Das glaub ich dir«, sagt Francesco. »Ich auch. Und wo ist jetzt in der ganzen Geschichte dieser Luigi von gestern? Von dem wir eigentlich dachten, dass er der Dieb ist?«

Oceana zuckt mit den Schultern. »Ich schätze, der kam später, also nach seinem Zeitplan total pünktlich, und hat dann entweder gesehen, dass da schon eine Menge Leute vor ihm reingelatscht sind und ist schleunigst wieder nach Hause oder er ist den *Carabinieri* direkt in die Arme gelaufen. So cool, die werden Jahrzehnte brauchen, bis sie den Fall aufgeklärt haben … Die haben«, Oceana hält ihre Hand hoch und zählt an den Fingern ab, »vier Verbrecher, einen Horror-Clown und null Diebesgut.«

Francesco und Oceana sehen sich an und brechen in Gelächter aus. Sie lachen so sehr, dass Oceana den Tee verschüt-
tet und Francesco der Teller mit dem Pizzarest runterfällt –
was nicht weiter schlimm ist, denn auf diese Gelegenheit hat
Sporco nur gewartet. Mit dem Stück verschwindet er rasch
unter der Couch. Als sie sich wieder beruhigt haben, lehnt
Oceana für einen winzigen Moment ihren Kopf ans Sofa und
macht die Augen zu … und ist sofort eingeschlafen.

KAPITEL 22

Am nächsten Tag wird Oceana wieder von Sporco geweckt. Er scheint eine Art Morgengymnastik auf ihrem Bauch zu veranstalten.

Als Oceana mühsam ein Auge öffnet, sieht sie, dass er jedoch vielmehr dabei ist, einen nassen Teebeutel zu verspeisen.

Ihr Kopf dröhnt zum Zerbersten und als sie aufstoßen muss, schmeckt sie Meerwasser.

»Wie eklig«, stöhnt Oceana mit heiserer Stimme und richtet sich mühsam auf.

»Nein, sehr lecker«, schmatzt Sporco, der den Ausspruch auf sich bezogen hat und huscht mit dem Beutel hinter ein Kissen.

Oceanas Hals brennt höllisch beim Sprechen. »Wieso schlafe ich auf dem Sofa? Ach so …« Oceana braucht eine Weile, bis ihre Sicht wieder klar ist. Ächzend greift sie nach dem Zettel, den sie auf dem Wohnzimmertisch entdeckt und entfaltet ihn.

Hi,

rufst du mich an, wenn du wach bist, dann können wir deinen Onkel besuchen gehen.

F.

Oceana befreit sich von der verwurschtelten Decke und springt wackelig auf die Beine. Pietro! So langsam fängt ihr Gehirn an, regulär zu arbeiten und sie hastet in ihr Zimmer. Dabei zerrt sie sich das Handtuch vom Kopf.

»Himmel!«, haucht Oceana entsetzt, als sie einen kurzen Blick in den Spiegel wirft. Sie sieht wirklich aus wie aus einem Horrorfilm. Die zerzausten blauen Haare in Kombination mit dem grau verschmierten Pierrot-Gesicht, das ist mehr als gruselig. Oceana steckt den zusammengeknoteten Handschuh unters Kopfkissen und tippt eine Nachricht ins Handy.

Kommst du mich um halb abholen? Aber zu Fuß, kann kein Wasser mehr sehen!!!

Dann eilt Oceana ins Bad, um sich abzuschminken. Die widerspenstigen Haare rafft sie mit einem Gummi zum Pferdeschwanz zusammen. Als sie fertig ist, schnappt sie sich einen Rucksack und geht damit in Pietros Schlafzimmer. Dort packt sie T-Shirts, Jogginghosen und Unterwäsche zusam-

men und füllt auch eine Badetasche mit Pietros Rasierzeug, Zahnbürste und weiteren Sachen, die ihr nützlich erscheinen.

»Latschen und Bademantel noch«, murmelt Oceana. »Und was Warmes. Einen Pulli vielleicht.«

Oceana entdeckt die Pullover im Schlafzimmerschrank ganz oben. Als sie den untersten herauszieht, rutscht ein zusammengefaltetes Stück Papier mit heraus und landet aufgeklappt wie ein Zelt auf dem Fußboden. Oceana packt den Pullover in den Rucksack und hebt das Papier auf, als sich ein Foto herauslöst.

»Ach Mist, muss ich ihm wieder reinkle…«, murmelt Oceana vor sich hin, als sie abrupt verstummt. »Oh mein Gott«, haucht sie und schwankt. Rasch setzt sie sich aufs Bett. »Mama!«, japst sie. »Mit mir!« Tränen schießen Oceana in die Augen.

Auf dem Foto strahlen sie und ihre Mutter in die Kamera. Genau an jenem Strand, den Oceana stets in ihren Träumen sieht. Sie selbst trägt eine pinke Badehose und ihre Mutter ein hellblaues Strandkleid. An ihrem Hals erkennt Oceana die Kaugummiperle.

»Mama«, flüstert Oceana noch mal und versinkt in den Anblick dieses bekannten und doch so unbekannten Gesichts. Nach einer Ewigkeit, wie es Oceana vorkommt, dreht sie das Foto um. **Strandtag mit meinen beiden Lieblingsmenschen**, hat Pietro auf der Rückseite notiert. Und wäh-

rend Oceana noch die Worte liest, verschwimmen sie bereits vor ihren Augen. Als sie das Bild erneut betrachtet, stutzt sie und hält es sich näher vors Gesicht. Ihr Verstand scheint nur langsam zu verstehen, was ihre Augen längst wahrgenommen haben: In der linken Hand hält das kleine Mädchen ein rotes Strandeimerchen. Und in der rechten ein blaues Schippchen.

»Zwei Arme«, haucht Oceana. »Zwei Arme.« Sie streicht mit dem Zeigefinger über das Foto. »Ich hatte mal zwei Arme. Ich hatte zwei Arme. Ich hatte doch zwei Arme.« Rasch tupft sie mit der Bettdecke die Tränen weg, die aufs Foto gefallen sind und lässt sich aufs Bett zurückfallen. Sie starrt so lang auf das Foto, bis Francesco Sturm klingelt.

»Hey, was ist los?«, fragt Francesco sofort, als Oceana mit verweintem Gesicht aus der Haustür tritt. »Pietro geht's gut, wirklich. Ich hab vorhin angerufen. Eigentlich dürften die mir gar keine Auskunft erteilen wegen Datenschutz, aber ich hab die Lebensretter-Karte gespielt. Also ich hoffe, es macht dir nix aus, dass ich ange…«

Oceana schüttelt den Kopf. »Nee, alles gut, danke, dass du das gemacht hast.« Sie zieht die Nase hoch. »Wow, sind die für Pietro?«, fragt sie und zeigt auf die Blumen in Francescos Hand.

Francesco zuckt mit den Schultern. »Als ich Lorenzo gesagt habe, dass ich deinen Onkel im Krankenhaus besuche, hat er

228

gemeint, dass ich da auf keinen Fall ohne Blumen auftauchen kann. Hat mir sogar zwanzig Euro gegeben.«

»Das finde ich echt nett von ihm, Danke. Hier … guck mal.« Oceana reicht Francesco das Foto.

»Deine Stimme!«, ruft Francesco. »Röööp, krööp, krächz … Wie von meinem Opa. Oh, süüüß! Das bist ja du! Erkennt man sofort. Und deine Mom? Sieht toootal lieb aus und du siehst ihr ähnlich. Und ist das da …?« Francesco hält genau wie Oceana eben das Foto näher an die Augen. »Sie trägt die Perle! Wie krass! Oberhammer! Vielleicht kannst du damit ja beweisen, dass die Perle ganz offiziell deine ist … Nee, lieber nicht. Wir sollten … keine Ahnung, was wir sollten. Jetzt erst mal ins Krankenhaus, hm? Alles wird gut, okay?« Francesco reicht Oceana das Foto zurück. Er legt einen Arm um sie und drückt ihre Schulter. »Okay?«, fragt er noch mal.

Oceana nickt. »Können wir vorher kurz bei diesem Antiquitäten-Laden vorbei? Ich will Pietro das Foto mitbringen. Gerahmt. Hab ich bei ihm gefunden, unter den Pullovern.«

»Klar, super Idee.«

Während sich die beiden durch die Touristenströme schlängeln, sagt Oceana: »Das ist übrigens das einzige Foto von meiner Mutter, das ich je gesehen habe.«

»Echt?« Francesco sieht Oceana verwundert an. »Dann ist das ja ein Schatz! Dann muss ein richtig fetter Rahmen drumrum. Mit Gold und Schnörkeln.«

Oceana öffnet die Ladentür und unter dem Gebimmel der Glocke quetschen sich die beiden in den winzigen, vollgestopften Trödelladen.

Und erst nachdem sie mit einem sorgfältig in mehrere Lagen Seidenpapier eingeschlagenen Päckchen das Geschäft verlassen haben und sich bereits auf den Stufen vor dem mächtigen Haupteingang des Krankenhauses befinden, macht es in Francescos Gehirn *Klick*.

Oceana nimmt die Hand gerade wieder von der schwarzen Holztür und deutet auf das Schild, auf dem ein Pfeil auf einen anderen Eingang hinweist, als Francesco sie an der Schulter greift und ruft: »Warte! Jetzt versteh ich's erst! Du hattest auf dem Foto ja zwei Arme!«

Oceana tut, als ob sie gähnen müsste. »Joa«, sagt sie grinsend. »DAS hast du mal schnell gemerkt!«

»Oh Mann, tut mir leid«, erwidert Francesco, doch Oceana winkt ab.

»Kein Ding«, sagt sie. »Ich hab eine Million Fragen an Pietro. Ich dachte ja immer, ich wäre so auf die Welt gekommen. Hat er mir jedenfalls immer gesagt.«

»Aber warum?«, fragt Francesco ungläubig.

Oceana zuckt mit den Achseln. »Ich habe keine Ahnung. Ich kann mit ihm nicht über meine Mutter reden. Da macht er total zu und wird traurig.«

»Ou«, macht Francesco.

»Hm«, sagt Oceana. »Jedenfalls steht da, wir müssen einmal ums Gebäude herum.«

»Wie geht's eigentlich deinem Rücken?«, fragt Francesco, als sie endlich auf die Anmeldung zusteuern.

»Ach«, winkt Oceana ab. »Ich hab so krassen Muskelkater überall, und dieses Ziehen im Nacken, dass ich gar nicht spüre, wo mein Rücken überhaupt ist.«

»Wird morgen noch schlimmer«, prophezeit Francesco. »Ich bin auch kaum aus dem Bett gekommen. Sofa, besser gesagt, hab ja bei Lorenzo übernachtet.«

Die Krankenschwester an der Anmeldung reicht Oceana einen Zettel mit der Gebäude- und der Zimmernummer und die beiden machen sich erneut auf die Suche. Als sie sich durch endlose Gänge und marmorne Treppenaufgänge hindurchgerätselt haben, finden sie die angegebene Station. Sie kommen an einem Wandregal voller Blumenvasen vorbei.

»Warte … hier kann man Vasen ausleihen, glaube ich.« Francesco sieht die Reihen entlang. »Die!«, sagt er.

Er nimmt eine Vase aus schwerem, verschnörkeltem Glas mit bunten Schlieren darin heraus.

»Murano-Glas!«, freut sich Oceana und der Ausflug auf die Insel kommt ihr in den Sinn. Fast kann sie den Waffelduft riechen.

Vor Pietros Zimmer hält Oceana kurz inne. »Das wird jetzt seltsam«, prophezeit sie.

»Das glaub ich auch«, erwidert Francesco. »Willst du überhaupt, dass ich mitkomme?«

»Du bist schließlich sein offizieller Lebensretter«, sagt Oceana. »Und mein bester Freund. Logo kommst du mit.«

Francesco will etwas erwidern, da hat Oceana bereits geklopft und öffnet die Tür.

KAPITEL 23

Pietro liegt in einem Bett am Fenster. Das zweite ist unbenutzt und mit einer Plastikfolie abgedeckt, die sich durch den Luftzug knisternd aufbläht, als die beiden eintreten.

Beim Näherkommen wendet Pietro ihnen das Gesicht zu und lächelt. Über seinem Bett hängt eine Infusionsflasche, auf dem EKG-Monitor laufen verschiedenfarbige Anzeigen über den Bildschirm, an seinem Finger klemmt ein Pulsmesser und aus dem Halsausschnitt des Krankenhausnachthemds ragen bunte Kabel heraus.

»Hey«, sagt er mit heiserer Stimme. »Immer rein mit euch.« Er hustet und sein Atem geht pfeifend. Oceana lässt den Rucksack fallen, hastet zum Bett und beugt sich über Pietro, um ihn zu umarmen. Sachte legt er seine Hand auf ihren Rücken und streichelt darüber. Francesco lässt Wasser in die Vase laufen. Nach einer Weile setzt sich Oceana auf einen der beiden Stühle, die Francesco ans Bett getragen hat.

Francesco stellt den Strauß auf Pietros Nachtisch. »Die Blumen sind übrigens von uns beiden. Und äh, ich wünsche Ihnen gute Besserung«, sagt er höflich.

Pietro lächelt. »Danke schön, das ist echt lieb«, flüstert er. In seinen Augen stehen Tränen. »Ich weiß gar nicht …«

Oceana erhebt sich geräuschvoll und holt den Rucksack. Sie stapelt die Sachen ans Fußende des Bettes und reicht ihrem Onkel das Päckchen.

»Hier, hab ich dir mitgebracht.«

Als Pietro mit bedächtigen Bewegungen das Geschenk ausgepackt hat, betrachtet er das Bild schweigend und lässt den Rahmen dann auf seinen Bauch sinken. Er räuspert sich mühsam.

»Ozzy, ich kann dir gar nicht sagen, wie leid mir das alles tut. Du musst mich hassen und ich kann es verstehen. Ich hasse mich ja selbst.« Oceana weiß nicht, was sie sagen soll. Stattdessen zieht sie die Knie hoch, umschlingt sie mit dem Arm und legt den Kopf darauf. »Du warst das auch im *Museo*, richtig?«, redet Pietro weiter. »Der tapfere, mutige, kleine Pierrot? Du hast mir an diesem Tag zwei Mal das Leben gerettet.«

»Also insgesamt drei Mal, weil das zweite Mal wollte dich jemand unter Wasser mit einer Harpune umbringen.«

»Oha«, sagt Pietro und runzelt die Stirn.

Oceana winkt ab. »Erzähl ich dir ein anderes Mal. Also im Boot, das mit der Wiederbelebung, das war er«, sie deutet auf Francesco.

Pietro greift nach dem Handgriff über dem Bett und zieht

sich mit schmerzverzerrtem Gesicht nach oben. Dann reicht er Francesco die Hand. »Du hast hier Heldenstatus. Ich weiß nicht, wie ich dir jemals, euch beiden jemals –«

»Nee, nee«, unterbricht ihn Francesco und schüttelt den Kopf. »Ohne Oceana wären Sie jetzt ganz sicher Fischfutter. Und reanimiert haben wir Sie beide. Ich hatte also ziemlich lang Ihre Nase im Mund«, rutscht es ihm heraus.

Oceana bekommt unbeabsichtigt einen Kicheranfall und Pietro legt die Hand über die Augen.

»Iiih, wie unangenehm für dich. Ist mir so peinlich«, murmelt er. Dann muss er husten und legt ächzend eine Hand auf die Brust.

»Ach ja, das war ich übrigens auch«, gibt Francesco zu. »Knack und durch war sie, die Rippe. Aber das wird wieder …«

»Das sagen die Ärzte auch«, erwidert Pietro leise.

»Okay, Zio. Aber jetzt mal ganz im Ernst. Was war da eigentlich los? Also alles, komplett, die ganze Sache? Ich kapier gar nichts!«, ruft Oceana.

»Dass ich ein Vollidiot bin, das war los«, antwortet Pietro. »Ich bin viel zu weit rausgeschwommen. Ich war bestimmt seit zehn Jahren nicht mehr tauchen. Hab das total unterschätzt. Und dann kamen die Muskelkrämpfe. Ich wäre ertrunken«, redet Pietro weiter, »wenn da nicht dieser kleine Pierrot-Fisch gewesen wäre …« Pietro ergreift Oceanas Hand.

»Du kannst es also auch«, flüstert er und schluckt krampfhaft die Tränen hinunter. »Seit wann weißt du es?«

»Och«, erwidert Oceana in einem pampigen, herausfordernden Ton, »eigentlich erst seit vorgestern, als ich deine Kumpels unter Wasser beim Tunnelbohren getroffen habe.«

Pietro kneift die Augen zusammen. »Mist. Ich sollte dann mal anfangen mit Erklären, oder?« Er trinkt einen Schluck aus der Limo-Dose auf seinem Nachtisch. »Hat mir Schwester Josepha besorgt, ich kann kein pures Wasser mehr trinken. Also … Auf der Arbeit, im *Museo*, hab ich schon vor Längerem erfahren, dass sie die *Perla di Pesca* ausstellen werden, weil sie wieder aufgetaucht ist. Aufgetaucht!«, Pietro malt Anführungszeichen in die Luft. »Ich hab zig Mal im Institut angerufen, dass Sie mir alles aushändigen, was gefunden wurde. Aber es sei nichts aufgetaucht, keine Kleidungsstücke, nichts …« Pietro muss mehrmals schlucken. »Aber davon weißt du ja auch noch nichts, von diesem gottverfluchten Tag … Und dann die ganze Post, die sie immer so superwichtig mit Einschreiben an dich geschickt haben, da hab ich irgendwann nur noch pro forma die Umschläge geöffnet. Ist alles in einem Karton im Keller. Du solltest dir die Sachen mal durchlesen, Ozzy, vielleicht steht was Wichtiges drin. Ich konnte das nicht mehr. Es hat immer wieder alles aufgewühlt. Ich hab deine Mutter einfach so sehr geliebt.« Pietro weint leise.

Oceana sieht Francesco mit hochgezogenen Augenbrauen an. Francesco nickt unmerklich. Damit hat sich die Frage nach den Briefen immerhin schon geklärt. Oceana spürt ein großes, riesengroßes Gefühl der Erleichterung.

»Und dich liebe ich auch«, schluchzt Pietro jetzt. »Auch wenn ich das verdammt schlecht rüberbringe.«

»Hm«, macht Oceana und wartet, bis Pietro in der Lage ist, weiterzureden.

»Luigi und Pino kamen natürlich sofort auf die Idee, die Perle zu kassieren, schließlich waren sie ja quasi direkt in der Höhle des Löwen. Na ja, so einfach ist es dann doch nicht gewesen und sie kamen keinen Schritt weiter mit der Planung. Und ich … brauchte Kohle, die Miete ist erhöht worden und –«

»Echt?«, fragt Oceana und Pietro nickt.

»Ziemlich heftig sogar«, fährt er fort. »Ich brauchte also Geld und …« Pietro unterbricht sich und sieht Oceana und Francesco an. »Ich schäme mich so. Für alles. Ich bin ein Krimineller. Ich weiß das und ihr wisst das.« Er senkt die Stimme. »Ich hab ein Riesenverbrechen begangen und werde vielleicht völlig ungeschoren davonkommen. Ich bin einfach nur ein schlechter Mensch. So sieht's aus.« Pietro lehnt sich erschöpft zurück. Sein Gesicht ist grau und über der Oberlippe bilden sich Schweißperlen. Die Wellenlinien am Monitor spielen verrückt und für einige Sekunden blinkt ein rotes Lichtchen.

»Ich glaube, du darfst dich nicht so aufregen«, sagt Oceana und Francesco nickt bestätigend.

»Sonst schmeißen sie uns raus«, ergänzt er.

»Okay.« Pietro atmet tief durch und die Linien beruhigen sich wieder.

»Gut, wie gesagt, ich brauchte Geld und ich dachte, ich verkaufe denen einfach einen Tipp. Das mit dem Verbindungsgang hat mir gut was eingebracht, auch wenn ich nicht gedacht hätte, dass unser Haus beinahe zusammenkracht von dem Gebohre und ich die ganze Zeit so tun muss, als hätte ich nichts gehört. Und als ich dir eingeredet habe, du sollst diese vermeintlichen Wahnvorstellungen der Psychologin mitteilen! Ich hätte mich ohrfeigen können. Ich schäme mich zutiefst dafür. Das … das ist mir so rausgerutscht, ich war total überfordert. Entschuldige bitte, Ozzy, ja? Kannst du mir das irgendwann verzeihen?«

»Oh Mann!«, japst Oceana. »Du hast echt meine Ängste ausgenutzt, um –«

»Es tut mir so leid …«, unterbricht sie Pietro. »Glaub mir das bitte. Soll ich weitererzählen? Also, die Sache mit dem Stromausfall hat die beiden auch 'ne schöne Stange Geld gekostet.«

»Der Stromausfall?«, rufen Oceana und Francesco. »Das warst du?«

»Indirekt. Fabio vom Elektrizitätswerk. Wir spielen Dart

zusammen. War nicht ganz billig, der Extra-Deal.« Pietro angelt nach der Dose und Oceana reicht sie ihm.

»Welcher Extra-Deal?«, hakt sie nach.

»Für Luigi und Pino sollte er Venedig einigermaßen großflächig vom Strom nehmen. Keine Krankenhäuser und andere wichtige Gebäude natürlich, nur eben auch nicht das *Museo* allein, damit es nicht auffällt. Ich hab ihn aber das Viertel eine Stunde früher vom Strom nehmen lassen, als ich Luigi und Pino gesagt habe. Sodass ich die Perle schon gestohlen hätte. Na ja, und dann tauchen da plötzlich diese zwei Security-Gorillas auf und versuchen, mich umzubringen! Aber eigentlich war das gar nicht mal so schlecht, denn ich habe Luigi und Pino zwar die Perle weggeschnappt, aber THEORETISCH waren es die beiden anderen Typen. Die wären ja so oder so vor ihnen da gewesen, wisst ihr, wie ich meine?« Pietro seufzt. »Gaunerlogik, was?«

»Und wenn dir Luigi im Verbindungskanal entgegengekommen wäre? Du wärst ihm direkt in die Arme geschwommen!«, regt sich Oceana auf. »Wie hättest du denn aus der Nummer wieder rauskommen wollen?«

»Hör mal, Ozzy, dein Zio ist ja nicht blöd. Ich hab den beiden 'ne Nachricht geschickt, dass sie auf keinen Fall *vor* der vereinbarten Uhrzeit starten sollen, der Vorlauf sei so mit dem Kontaktmann abgemacht und diene der Tarnung der ganzen Aktion. Ganz einfach. Und sie haben es geschluckt.«

Oceana und Francesco lachen auf. Da streckt eine Kranenschwester den Kopf ins Zimmer.

»Ah, da ist er ja, unser junger Held. Ich hoffe, Sie lassen sich was Feines für ihn einfallen, Signore Tedesco!« Dann winkt sie und ist wieder verschwunden.

»Klar lasse ich mir was Feines für euch einfallen. Mögt ihr Schokolade?«, witzelt Pietro schwach.

Für eine Weile sagt niemand etwas.

»Und warum hast du nun die Perle genommen? Und sie ins Meer geworfen?«, fragt Oceana. »Wenn sie uns doch sozusagen gehört und an Mama erinnert …«

Pietro drückt auf den Knopf der Fernbedienung, die das Kopfteil des Bettes surrend in eine aufrechtere Position bringt.

»Weil diese Perle verflucht ist«, stößt er hervor. »Und ich wollte auf keinen Fall, dass sich der Fluch wiederholt.«

»Verflucht?«, wiederholen Oceana und Francesco.

»Ja, lacht mich ruhig aus! Aber ehrlich …«, er wendet sich an Francesco, »… sag mal ehrlich, Francesco, denkst du nicht, dass du im falschen Film bist?« Er senkt die Stimme. »Es ist definitiv NICHT normal, dass IRGENDJEMAND auf der Welt unter Wasser ATMEN kann, oder?«

Francesco nickt und schüttelt gleichzeitig den Kopf.

»Ha, ha, fragt mich doch mal!«, mischt sich Oceana ein. »Ich krieg geheimnisvolle Post wie *Harry Potter* und schwupps, weiß ich plötzlich, dass ich so eine Art magisches Wesen bin.

Und meine Mutter auch. DA muss man erst mal drauf klar-
kommen!«

Francesco verdreht grinsend die Augen.

»Kurz nachdem wir uns kennengelernt hatten, eröffnete
mir Marina, dass die Perle magische Kräfte habe«, erzählt
Pietro weiter. »Sie lasse die Trägerin unter Wasser atmen. Und
natürlich wäre das im Normalfall einfach nur ein Running-
Gag oder eine Story zwischen zwei Verliebten gewesen, aber
Marina konnte es ja wirklich! Ich bin fast gestorben, als sie es
mir vorgeführt hat. Ich konnte überhaupt nicht damit umgehen und habe das Thema komplett weggeschoben. Ich habe
der Einfachheit halber beschlossen zu glauben, dass es wirklich was mit der Perle zu tun hat. Kindisch, ich weiß … Aber
ich war so verliebt und wollte nur genießen, dass ich die Frau
meines Lebens gefunden hatte. Alles andere hätte sich später
geklärt, ich glaubte ja, noch den Rest unseres Lebens Zeit dafür zu haben. Nur dass es eben kein Später gab … Weil die
Perle uns nur Unglück gebracht hat. Großes, schreckliches
Unglück.« Unvermittelt fängt Pietro an zu zittern.

Francesco springt auf und zieht die Decke vom versiegel-
ten Bett. Er legt den Bilderrahmen zur Seite, breitet sie über
Pietro und setzt sich wieder. Oceana rutscht mit dem Stuhl
näher heran und legt die Hand auf Pietros Schulter.

»Du musst mir endlich erzählen, was passiert ist«, flüstert
sie. »Bitte.«

Pietro schließt kurz die Augen. »Ja«, sagt er und dreht sich, damit er Oceana direkt ansehen kann. »Ich musste an diesem schlimmen Tag schon früh raus. Zwei antike Deckenfresken einer Kirche sollten restauriert werden, ich hatte nur zwei Tage dafür. Es war ein wunderbarer Auftrag und ich hab mich drauf gefreut …«

»Du bist Restaurator?«, fragt Oceana leise in die Pause hinein. »Das wusste ich gar nicht.«

»Ja«, antwortet er. »Dafür braucht man ruhige Hände. Und klare Gedanken, sonst kann man den Job nicht machen. Seit deine Mama … seitdem konnte ich es nicht mehr.«

»Das tut mir leid«, murmelt Oceana.

Pietro hustet. »Ich musste hier alle möglichen Fragen beantworten und man hat mir erklärt, dass ich eine Form von Depression hätte. Aber sie würden mir helfen. Wenn ich das auch will.«

Oceana springt auf. »Und? Willst du?«, ruft sie. »Das fände ich nämlich super. *Dottore* Colombo sagt schon seit Langem, dass du vielleicht so was hast. Ups, übrigens, meine Prothese ist leider ins Meer gefallen, als ich dich über Wasser halten musste …«

»Prima, dann haben Wissenschaftler in tausend Jahren wenigstens mal einen spannenden Fund vor sich und nicht nur tonnenweise Plastik«, sagt Pietro und Oceana und Francesco müssen lachen. »Ich bin also früh raus«, erzählt Pietro nun

weiter, »und wäre erst in der Nacht wieder heimgekommen. Mama und du wolltet euch einen schönen Strandtag machen. Sie hatte extra zwei Tage Urlaub im Institut genommen, damit ich den Auftrag annehmen konnte und …«

Da schiebt Oceana ruckartig ihren Stuhl vom Bett weg und springt auf. »Jetzt, jetzt, jetzt muss ich aber doch mal wütend werden!«, presst sie hervor. »Ich frag dich mein halbes Leben, wer Mama war und du meintest nur immer: Keine Lust drüber zu reden, kann ich nicht, will ich nicht … Hast du überhaupt einen Schimmer, was das mit mir gemacht hat? In der Schule zum Beispiel? Ich hatte nicht nur keine Mutter, sondern ich konnte nicht mal was über sie erzählen!« Oceana japst nach Luft, weil das Brüllen in Flüsterlautstärke nicht so leicht ist. »Das hätte mir doch gutgetan, wenn ich gewusst hätte, welchen Beruf sie hatte! Was sie gehasst hat, was sie geliebt hat, gerne gegessen und getrunken … Einfach alles eben, was man über seine Mama wissen will!« Oceana schluchzt jetzt. Francesco schlingt die Arme um sie.

»Oh oh, das ist ja alles noch heftiger, als ich erwartet habe …«, murmelt er und streicht Oceana über den Rücken.

»Autsch, autsch, autsch«, macht Oceana und Francesco lässt los.

»Vergessen, sorry«, sagt er und drückt Oceana sanft zurück auf den Stuhl.

Pietro tastet nach ihrer Hand. »Ozzy, meine kleine Mot-

te … Wie kann man so egozentrisch und egoistisch sein wie ich? Ich begreife mich selbst nicht. Es ist, als wäre ich aufgewacht und sehe jetzt glasklar, was ich angerichtet habe.« Pietro seufzt tief. »Ich erzähle weiter, ja? Der Anruf kam irgendwann am späten Vormittag. Ich hatte gerade das Gerüst umgestellt. Enzo, der Nachbar von Marina, rief mich an. Er habe dich und Mama am Strand gesehen, als er gerade vom Fischen nach Hause ging. Kurz darauf habe sich ein kleines, aber dennoch extrem verheerendes Seebeben ereignet und Marina sei noch nicht wieder zu Hause … Ich bin wie der Teufel gefahren und als ich ankam, war am Strand alles voller Krankenwagen und Feuerwehr und Tauchern.« Pietros Stimme bricht und er atmet tief durch. »Enzo hatte ihnen längst berichtet, dass er seine Nachbarin und ihr Kleinkind vermisst. Ich bin durchgedreht vor Sorge. Eine ganze Felszunge war abgebrochen, der Strand ist zig Meter ins Land hinein überflutet worden. Dann landete ein Rettungshubschrauber auf dem Sportplatz und es hieß, sie hätten dich gefunden … Ich bin mitgeflogen. Du warst so winzig klein unter all den Geräten, so winzig klein und nass und voller Blut, so viel Blut!« Oceana legt ihren Kopf auf Pietros Brust und weint, während Francesco unermüdlich über ihre Schulter streichelt. »Und nach Stunden im Krankenhaus haben sie mir dann gesagt, dass sie deinen Arm hätten amputieren müssen, um dich zu retten. Etwa zur gleichen Zeit hat man die Suche

nach Marina eingestellt. Sie haben sie nie gefunden«, presst Pietro hervor. »Da waren dann also nur noch du und ich. Und ich hab's total verkackt.«

Oceana hört Pietros Herz klopfen. Schnell und aufgeregt. Während er erzählt hat, sind ihr wieder und wieder Bilder ihres Traums vor dem inneren Auge erschienen. Die Sonne, das friedliche Meer, dann schlagartig das Grollen, der Schmerz …

»Ich träume davon, seit ich denken kann«, murmelt Oceana weinend. »Von diesem Tag. Wie es unter Wasser war, als es passiert ist. Dass ich Mama plötzlich nicht mehr gesehen habe. Und irgendwo festhing und keine Luft mehr bekam …«

»Du hast Erinnerungen daran?«, keucht Pietro entsetzt. »Ich habe nichts davon geahnt … Sie haben damals von einem Wunder gesprochen, weil sie sich nicht erklären konnten, wie du so lang unter Wasser ausharren konntest, ohne zu ertrinken. Das war mir recht, ich wollte es auch als Wunder betrachten. Als du später diese Wasserphobie entwickelt hast, war mir das auch recht, Hauptsache, ich hatte mit dem Thema nichts mehr zu tun. All meine Trauer ist mit der Perlenausstellung wieder hochgekommen und ich konnte nur dauernd denken: Sie hat ein schlechtes Karma, sie bringt Unglück, Oceana soll sie am besten nicht zu Gesicht bekommen. *Deswegen* wollte ich sie loswerden. Weg damit, für alle Ewigkeiten, auf Nimmerwiedersehen.« Pietro sieht erschöpft aus.

Immer wieder fallen ihm die Augen zu und Oceana löst sich behutsam aus seiner Umarmung. »Jetzt ärgere ich mich über meine kindische Idee von einem Fluch!«, murmelt er. »Marina hat die Kette geliebt und sie ist selbstverständlich nicht ihretwegen gestorben. Ich ...« Pietro schließt wieder die Augen, »ich hätte sie DIR geben müssen«, nuschelt er. »Ich hätte sie ... für ... dich ... da ... rausholen müssen ... Das wäre das einzig Richtige gewesen ...« Sein Kopf sinkt zur Seite. Er ist eingeschlafen.

Oceana tastet vergeblich nach einem Taschentuch. Francesco hastet zum Waschbecken und zieht ein Papier aus dem Spender.

»Danke«, murmelt Oceana. Sie zieht die Decke sorgfältig über Pietros Schultern, nimmt den Bilderrahmen und stellt ihn neben die Blumen auf den Nachtisch. »Komm, wir gehen«, flüstert sie.

Kapitel 24

Draußen strahlt die Sonne vom Himmel. Oceana und Francesco setzen sich auf die Stufen vor dem Krankenhaus.

»Zum Warmwerden«, sagt Oceana und nimmt ein paar Züge der heißen Luft. »Außen und innen.«

»Verstehe ich«, sagt Francesco. »Das war ganz schön viel. Wie geht's dir damit?«

»Gut«, sagt Oceana ohne Zögern. »Endlich ergibt alles Sinn, jedes einzelne Puzzlestückchen ist jetzt an Ort und Stelle. Und ich kann mir das Gesamtbild angucken, verstehst du?«

Francesco nickt. »Ja, total. Ich glaube, etwas nicht zu wissen, ist fast schlimmer, als die Wahrheit zu kennen, oder?«

»Genau«, bestätigt Oceana und reibt sich über den Stumpf. »Und es ist auch nicht mehr länger ein Rätsel, warum ich diese Phantomschmerzen habe. Niemand konnte das erklären, weil es ja hieß, ich sei ohne Arm zur Welt gekommen.«

»Und das mit deiner Mutter? Also das Unglück und alles?«, fragt Francesco.

»Muss ich bestimmt noch 'ne ganze Weile drüber nachdenken«, erwidert Oceana.

»Ich mag deinen Onkel«, sagt Francesco nach einer Pause. »Er ist so … echt irgendwie. Ich weiß nicht, wie ich das besser sagen soll … aber er hat dich wirklich lieb, das merkt man. Gibst du ihm 'ne Chance?«

Oceana zwinkert in die Sonne. »Auf alle Fälle. Ich fänd's total gut, wenn er wieder als Restaurator arbeiten würde. Ich meine, gibt hier ja nicht gerade wenig zu tun …« Sie macht eine ausholende Armbewegung. Dann grinst sie. »Ich hab jetzt jedenfalls schon wieder ein Problem.«

»Und was für eins: Zehn Millionen Euro in Form einer Perle«, flüstert Francesco.

»Oho!« Oceana lacht. »Stimmt, das ja auch noch … Aber was ich meinte, ist: Ich fang jetzt in der Schule doch nicht mit dem bescheuerten Schwimmunterricht an. *Plötzlich Meerjungfrau* hin oder her … Ich werde also krass lügen müssen …«

Francesco lacht erleichtert. »Na, wenn das alles ist! Ich helfe dir. Wir üben Wasser-Panik-Vortäuschen, das wird lustig!«

»Gut!« Oceanas Grinsen geht in ein kräftiges Gähnen über. »Ich geh dann mal nach Hause, ich bin todmüde.«

Francesco steht auf und reicht Oceana die Hand, um sie hochzuziehen. »Bis morgen?«, fragt er.

»Logisch«, antwortet Oceana. »Bis morgen.« Sie wirft ihren Rucksack über und winkt im Gehen.

»*Ciao*, Wasserträumerin!«, ruft Francesco ihr hinterher.

Oceana tut, als ob sie nichts gehört hätte. Aber über ihr Gesicht huscht ein glückliches Lächeln.

Als Oceana zu Hause angekommen ist, warten Marco und Polo schon vor dem Fenster. Oceana macht ihnen auf und sie flattern auf die Rückenlehne des Schreibtischstuhls. Oceana setzt sich aufs Bett und holt den zusammengeknoteten Handschuh unterm Kopfkissen hervor. Sporco flitzt ihren Arm hinauf und kuschelt sich in die Halsbeuge. Keines der Tiere sagt etwas. Das hier ist ein großer Moment für Oceana, die Wasserträumerin!

In deren Bauch flirrt es vor Aufregung. Die Perle zum ersten Mal in aller Ruhe in der Hand zu halten und zu betrachten, bringt Oceana fast zum Weinen. Minutenlang sitzt sie in ihren Anblick versunken da. Und die ganze Zeit ist ihr, als ob ein zarter Hauch von Kaugummiduft und Pfirsicharoma durchs Zimmer schwebt.

Irgendwann holt Oceana ihre Bastelsachen und fädelt die Perle auf zwei Silberketten. Zum Schluss fügt sie noch eine Lederkordel hinzu.

»Zur Sicherheit«, erklärt sie ihren Zuschauern und alle nicken wissend.

Oceana legt die Kette an und zerrt den Knoten des Lederbandes mithilfe der Zähne so fest, dass er ganz bestimmt

niemals mehr im Leben aufzubekommen ist. Dann umfasst sie die Perle mit der Hand, kriecht unter die Bettdecke und schläft so tief und traumlos, wie schon sehr, sehr lange nicht mehr.

»Wir lieben dich«, flüstern Sporco, Marco und Polo glücklich.

IL GAZZETTINO

Spektakulärer Perlenraub gibt Rätsel auf

Weiterhin undurchsichtig gestaltet sich die Zuordnung der Täterschaft im Rahmen der Einbruchserie in den Palazzo Grimani. Wie bislang bekannt wurde, scheinen mehrere Täter oder Tätergruppen am Raub der *Perla di Pesca* beteiligt gewesen zu sein. Fakt ist, dass die Perle verschwunden ist und die bislang gefassten Tatverdächtigen sich gegenseitig beschuldigen. Der Ablauf der Festnahmen in der Tatnacht schilderte sich bis Redaktionsschluss wie folgt: Als Anwohner während des über eine Stunde dauernden, gebietsweisen Stromausfalls wegen ungewohnter Geräusche aus dem *Museo* die Polizei alarmierten, gelang die Festnahme eines Einbrechers, der über einen Kanal ins Innere gelangt war. Die Polizei konnte ebenfalls den am Kanalausstieg wartenden Komplizen verhaften. Der Tatverdächtige beteuert, den Ausstellungsraum bereits grob zerstört vorgefunden zu haben. Wenig später gelang der Küstenwache die Festnahme eines weiteren mutmaßlichen Täterduos: Der Notruf eines Fischers meldete ein Motorboot in Seenot. Als die Beamten eintrafen, fanden sie zwei bewaffnete Männer auf einem havarierten Schnellboot vor. Es konnten zahlreiche Einbruchswerkzeuge beschlagnahmt und belastende Indizien gesichert werden.

Die geistig verwirrten Männer wurden zunächst medizinisch versorgt und anschließend in die psychiatrische Notaufnahme gebracht. Es ist unklar, wann sie vernehmungsfähig sein werden. Unseren Recherchen zufolge geben die Perlenräuber dezidiert übereinstimmende Wahnvorstellungen und Halluzinationen an, unter anderem will einer der beiden mutmaßlichen Täter im Meer von einem Mini-Horror-Clown angegriffen worden sein, dem er beim Kampf einen Arm abgerissen haben will. Die teilweise äußerst bizarren Angaben nun zu untersuchen, wird wohl einige Zeit in Anspruch nehmen. Bleibt abzuwarten, ob der Fall jemals aufgeklärt werden wird.

Das *Museo* ist entsetzt über den millionenschweren Raub, räumt aber keinerlei Fehler in den Sicherheitsvorkehrungen ein. Dies wird nun von den Versicherungen zu prüfen sein. Der Eigentümer teilte auf Anfrage mit, er bedaure den Verlust der Perle außerordentlich, sei aufgrund seiner eigenen sowie der Versicherung der Ausstellungsstätte finanziell jedoch nicht wesentlich geschädigt. Er sagte weiter, dass »Perlen getragen werden müssen, damit sie ihren Glanz nicht verlieren« und hoffe deshalb, die *Perla die Pesca* werde eines Tages wieder auftauchen.

Ein paar Wochen später ...

Oceana und Francesco legen an der Friedhofsinsel *San Michele* an, auf der die Venezianer ihre Verstorbenen beerdigen. Oceanas Haare leuchten in frischem Aquamarinblau mit dem Meer um die Wette.

Langsam schlendern sie durch die Reihen der reich geschmückten Gräber, der Friedhof liegt unter einem Meer aus bunten Blumen. Als sie das gesuchte Grab gefunden haben, breitet Oceana eine Decke im Gras aus.

»Hallo, liebe *Nonna*«, sagt Francesco. »Das ist Oceana, wie du ja bestimmt schon längst weißt. Und wie du bestimmt auch schon längst weißt, hab ich dich angelogen wegen deiner Perlenkette. Das tut mir leid.« Dann stupst er Oceana an. »Jetzt mach du weiter.«

Oceana räuspert sich. »Ja, also ich ... wir ... haben sie wiedergefunden.« Sie öffnet eine Reißverschlusstasche am Rucksack. »Hat ein bisschen gedauert ...«

»Sie hat einfach nicht lockergelassen«, unterbricht Francesco entschuldigend. »Ich hab ihr tausend Mal gesagt, dass du es bestimmt okay findest, wenn wir aufgeben, aber ...«

»Aber aufgeben war halt keine Option«, redet Oceana weiter. »Und tadaaa, da ist sie!« Sie zieht eine Kette aus schimmernden, cremeweißen Perlen hervor und hält sie vor das Bild von Francescos Großmutter auf dem Grabstein. »Und weil man ja von allerlei Perlenräubern in letzter Zeit gehört hat, hatte Francesco eine tolle Idee.«

Francesco nimmt eine Tube Baukleber, einen geschlossenen Stahlhaken und ein Vorhängeschloss aus dem Rucksack. Dann klebt er die Aufhängung unter Nonnas Bild und presst ihn fest an den glatten Marmor. Geduldig zählt er bis Hundert. Schließlich umfasst er die Perlenkette mit dem Schloss und schließt dieses um den Haken.

»Was Besseres ist uns nicht eingefallen – schönen Gruß übrigens von Lorenzo, er hat uns das Material besorgt«, erklärt er.

»Klar, man könnte die Kette natürlich einfach abreißen«, sagt Oceana, »aber irgendwie scheinen Perlen immer zu demjenigen zurückzufinden, der sie am meisten geliebt hat. Also warten wir's einfach mal ab ... Jedenfalls haben Sie sie jetzt wieder, das ist die Hauptsache.« Oceana legt gedankenverloren ihre Hand über den Anhänger der Kette unter ihrem T-Shirt. Man hört das Summen der Bienen in den Blumensträußen.

»Und, *Nonna*«, Francesco räuspert sich, »Oceana wollte dich noch was fragen ...«

»Ja«, Oceana beugt sich vor und senkt die Stimme. »Vielleicht könnten Sie bitte meiner Mutter einen Gruß ausrichten, wenn Sie sie mal treffen? Sie heißt Marina.« Oceana schluckt. »Danke.«

Francesco klopft Oceana aufmunternd auf den Rücken. »Das klappt schon. Das macht sie«, sagt er. »Ich kenne sie doch, du kannst dich darauf verlassen.«

Und dann bringt er Oceana mit Meine-Nonna-war-der-Hammer-Geschichten so zum Lachen, dass wohl das fröhlichste Lachen über die Insel der Toten schallt, das man je dort gehört hat …

Schütze, Andrea
Oceana
Die Wasserträumerin von Venedig
ISBN 978 3 522 50809 4

Covergestaltung- und typografie: Alexandra Helm
Innentypografie und Satz: Tanja Haaf
Reproduktion: DIGIZWO GbR, Stuttgart
Druck und Bindung: GGP Media GmbH, Pößneck